돈도 못 버는데
찻집이나 할까?

돈도 못 버는데 찻집이나 할까?

캐나다 시골의 찻집 주인이
영국 앤 공주의 티파티를 준비하기까지

김원경 에세이

열린
세상

프롤로그

OPEN

　　나는 멍크턴(Moncton)에서 'Jassy Boutique & Tea room' 이라는 찻집을 하고 있다.

　　"멍크턴이라고? 도대체 멍크턴이 어디야?"하고 물을 사람 들도 많을 것이다.

　　멍크턴은 캐나다 남동부에 위치하고 있는 작은 주인 뉴브 런즈윅주의 도시이다. 뉴브런즈윅주의 주도는 프레더릭턴 (Fredericton)인데 이 주도보다도 인구가 많이 살고 있는, 다 시 말해서 뉴브런즈윅주의 최대도시이다. 멍크턴의 인구는 약 8만 명이고, 프레더릭턴의 인구는 약 6만 명이다. 앞에서 최대 도시니 주도니 하니 큰 도시를 상상했을 것이다. 그런데 인구

8만 명이라니……. 그래서 나는 멍크턴을 작은 '시골 도시'라고 이야기를 한다.

우리 가족이 멍크턴에 들어온 지 12년이 되어간다. 나와 남편은 12년 전 아이들에게 자유스러운 환경에서 공부를 할 수 있게 해야겠다는 생각으로 이민을 결정했다. 그리고 그 결정을 지금도 후회하지 않는다.

지금 현재 아들은 기타리스트가 되어서 캐나다 전역을 다니면서 공연을 하고 있고, 딸은 미대를 다니면서 예술적 감성을 뽐내고 있다. 둘 다 자기들이 좋아서 하는 것이니 얼마나 좋을까!

우리 가족은 멍크턴으로 이사를 온 후 점점 멍크턴화되어 갔다. 대도시에서만 살았던 아이들에게 특히 멍크턴은 상상의 자유를 마음껏 누릴 수 있는 공간이 되어 주었다. 우리 가족은  멍크턴이 지겨워질 때까지 살아보기로 마음을 먹었다. 그렇게 결심을 하고 나니 그동안 벌어놓은 돈으로만 살았던 나와 내 남편에게 돈을 벌어야 한다는 의무감이 생기게 되었다. 그리고 그렇게 고민을 시작한 우리가 결정한 것은 '찻집을 열자'였다.

돈도 못 버는데 찻집이나 할까?

멍크턴에 있는 Jassy Boutique & Tea room의 외부 모습.

다 쓰러져가는 집을 사서 고치기로 결정하면서 남편은 목공일도 배우고, 인테리어 작업도 배웠다. 그렇게 시간을 투자한 우리 부부는 우리만의 유니크한 공간을 만들었다.

처음엔 현지인들이 관심도 가져주지 않았지만 조금씩 입소문이 나기 시작하였고, 이제는 멍크턴에 오면 누구나 한번쯤 들르는 공간이 되었다. 물론 멍크턴 주민들의 '사랑방'으로도 자리를 잡았다.

우리 또래의 사람들은 한번쯤 찻집이나 커피숍을 열고 분위기 있게 앉아 있고 싶어한다. 그리고 실제로 그러한 꿈들을 국

Jassy Boutique & Tea room의 내부 모습.

돈도 못 버는데 찻집이나 할까?

내에서 많이들 실현하고 있다.

　나의 경우는 여러 가지 우연과 기회를 통해서 캐나다 시골에서 찻집을 열게 된 것이다. 큰 돈을 벌거나 유명한 사람이 된 것은 아니다. 다만 우리 가족은 찻집을 열고 행복하게 생활하고 있다.

　나는 행복한 우리 가족의 일상을 Jassy Boutique & Tea room에 담기 위해 노력했다. 여러분들도 여러분의 행복을 자신만의 장소에 담기를 바란다.

contents

3 미리 행복해질 준비를 하고 오는 사람들

4 펑크턴 잔디 위에서 웃고 울며 살아요

PART 01

첫잔을
열기로 했어요

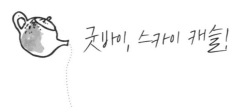

굿바이, 스카이 캐슬

우연히 보기 시작한 한국 드라마 《스카이 캐슬》은 숨가쁘게 결말까지 치닫는다. 무슨 일인지 아들도 드라마를 같이 봤다.

어떤 장면에서 아들이 드라마를 보다 말고 갑자기 내 손을 잡더니 '엄마 미안해.'하고 사과를 했다. 약간 충격을 받은 표정이다. TV 장면에는 '스카이 캐슬'의 엄마들이 자녀들의 성적 순으로 앉아 있었다.

중학교 때부터 밴드에 빠져 기타만 치던 아들의 학교 성적이 좋을 리 만무했고 내가 '스카이 캐슬' 엄마들의 무리에 있었다면 아득한 말석이었을 것이라는 사실을 저도 잘 아는 것이다.

  '아들, 미안할 필요 없어. 엄마는 이미 오래전에 너희들과 함께 그곳을 '탈출'했으니까.'

  2012년 한국을 떠나기 직전이던 그 즈음, 나를 몰아세웠던 것은 '이 미친 학교에서 하루라도 빨리 아이들을 구해 내리라.' 는 마음 속의 절규였다. 사교육에 기대지 않으면서 오직 학교 교육과 가정의 온전한 사랑만으로 아이들이 행복하게 자랄 것이라고 믿었던 나의 소박한 바람이 하루가 다르게 무너져 내리고 있었기 때문이다.

  아이들 초등학교 때는 내가 끼어들 구석이 그나마 있었다. 은근한 촌지 요구는 무시하면 되었고 반강제적으로 요구되던 이런 저런 학부모 봉사는 참아 넘겼다. 아이들이 가능한 범위 내에서 다양한 정서정 경험을 했으면 좋겠다는 생각으로 공연장이나 전시회 일정표를 뒤지고 틈이 나면 가족 여행을 가는 것으로 정서적 '내공'을 키웠다. 나와 남편의 바람은 아이들이 잘 웃고 예술을 사랑하는 자유로운 영혼으로 자라는 것이었다.

  하지만 아들이 중학교에 진학한 다음부터는 상황이 달라졌다. 아들은 수업을 마치고도 집에 올 수가 없었다. 방과 후 수업에 강제로 참여해야 했기 때문이다. 아들이 공부보다는 기타를 치고 싶어 했으므로 선생님께 방과 후 수업에서 빼 달라고 부탁하였으나 번번히 무시당했다. 교육청에 글을 써서 올

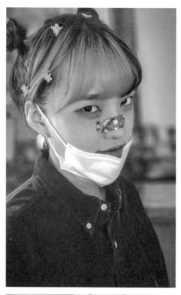

캐나다로 이민을 결심하게 된 결정적인 계기는 딸아이의 교복 치마 길이였다. 지금은 미대생이 되어 자신의 꿈을 펼치고 있다.

려더니 교장 선생님이 직접 전화를 하셨다. 모든 것이 학생을 위한 일인데 왜 불만을 제기했냐는 훈계를 듣고 있던 남편은 성질을 참지 못하고 언성을 높였다. 결국 아들은 방과 후 수업에서 빠지고 밴드실에 연습하러 갈 수 있었으나 그나마도 시끄럽다고 쫓겨나기 일쑤였다.

한번은 아들의 가방에서 '담배 피우거나 수업 중에 떠드는 친구 이름을 적으시오.'라고 적힌 황당한 프린트물을 남편이 발견했다. 흥분한 남편이 직장을 조퇴하고 학교를 찾아가서 '친구를 밀고하라는 비교육적인 행위'에 대해 당장 학생들에게 공개적으로 사과할 것을 요구했다. 얼굴을 붉힌 담임은 학기 말을 기다렸다가 수행평가를 통해 유치한 복수를 '시전'하였다. 우리의 인내심이 임계점을 향하고 있었다.

결정적인 사건은 딸아이의 중학교 입학식날 일어났다.

난생 처음 교복을 입고 설레는 마음으로 학교에 간 딸아이는 교문을 통과할 수 없었다. 교복 치마가 짧아서 무릎이 보인다는 것이 이유였다. 딸아이가 학교에서 지정한 곳에서 맞춰준 대로 입고 온 것이라고 해명을 해보았으나, 선생님이 믿어주지 않았다고 했다. 결국 딸아이에게 입학식 날은 '무릎을 보인 불경죄'를 저지른 다른 아이들과 함께 교문 한 켠으로 따로 격리된 '낙인'의 날이 되었다.

나는 아이와 함께 선생님을 찾아가서 '무릎을 감추는 교칙'이라는 것이 존재하는지 물었다. 몇 차례 대화 끝에 학년 부장 선생님이 했던 말을 생각하면 지금도 분노가 치밀어 오른다.

"정 그러시면 이민을 가세요."

나는 딸아이의 학교에 다녀온 다음 날 바로 이민 신청을 했다. 참고 견디는 것도 교육이고 적어도 친구들과 '함께' 통과하는 공동체 정신만은 건지지 않겠나, 어차피 사회가 부조리하다면 그걸 견디고 대응하는 걸 배우는 것도 좋지 않겠나, 부족한 부분이 있다면 나도 힘을 내서 채울 거라는 핑계를 대며 애써 지탱하고 있던 끈이 '탱'하고 끊어져버린 느낌이었다. 더이상은 아이들에게 미안해서 안 되겠다는 생각이 들었다.

사랑하는 부모와 정든 친구들과의 이별, 남편이 직장을 포기하도록 설득하는 일 등 한바탕 말 못 할 소란이 일었으나 결국 2012년 겨울, 우리 가족은 캐나다 동부의 멍크턴 공항에 도착했다. 우리가 멍크턴에 도착한 날은 눈이 내리고 있었는데, 처음 보는 큰 눈이었다.

기타리스트인 아들의 공연 모습.
아들은 캐나다는 물론 한국에서도 공연을 했다.

그리고 10년이 훌쩍 지나갔다. 다행히 아이들은 잘 자라주었다. 아들은 원하는 대로 기타리스트가 되었다. 밴드를 결성해서 앨범도 냈고, 얼마 전에는 캐나다 순회 공연도 다녀왔다. 딸은 밴쿠버에 있는 캐나다 최고의 명문 미술대학교인 에밀리카 대학교에 다닌다. 입학 시험 때 실기 시험을 어떻게 치나 봤더니 '나를 잠 못 들게 하는 것들' 그리고 '당신이 살고 싶은 주거 공간을 꾸며보세요.' 라는 두 가지 공통 주제와 자유작품 15점을 제출하는 것이었다. 당연히 입시학원 같은 건 없었다.

오늘은 햇살 좋은 날 아이들과 함께 옆 도시 할리팩스로 바람 쐬러 갔다. 차에서 핑크 플로이드를 크게 울렸더니 딸아이가 목청 높여 따라 부른다.

We don't need no education
We don't need no thought control

나도 이 노래를 좋아했다. 나중에 '굿바이 스카이 캐슬'하려고 그랬나 보다.

No dark sarcasm in the classroom
Teacher, leave them kids alone.

딸 소희가 그린 그림. 아래는 소희가 그린 jassy의 모습이다.

돈도 못 버는데 첫집이나 할까?

대화의 즐거움을 주는 보이차

사실 내가 차를 마시고 찻잔을 모으고 하는 이 모든 일은 순전히 술을 좋아하는 것에서 시작되었다.

한국에 있을 때부터 술을 곧잘 마셨던 나는 집에서 남편과 소주 마시기를 좋아했다. 어느 날 취한 눈을 가늘게 떠보니 식탁에 엎드린 채 기절해 있는 남편의 발 아래서 아홉 살 아들, 일곱 살 딸아이가 널브러진 소주 병들과 병뚜껑으로 술판을 벌여 놓고 놀고 있었다. 그걸 보는 순간 정신이 번쩍 들었다. '이렇게 해서는 안 된다.'고 생각하였다.

물론 아이들이 다 자란 후에는 우리를 이해하고 술도 한 잔

자사호, 보이차를 우리는 작은 찻주전자들이다.

같이 할 수 있겠지만, 성장 과정에서 아이들이 이런 식으로 술에 노출되는 것은 피하고 싶었다. 대체재를 찾을 필요가 있었다. 그래서 찾은 것이 보이차이다.

보이차는 차를 우려내고 작은 잔에 서로 따라주며 주거니 받거니 여러 잔을 마시는 게 술자리와 닮았다. 사람들에게는 저마다 술을 마시는 이유가 있다. 나의 경우에는 술을 마시면서 사람들과 대화를 나눌 수 있기 때문이다. 즉, 술이 아니라 대화를 더 좋아하였다. 게다가 술자리에는 녹지 않는 것이 없다. 영 녹지 않는 현실은 그냥 술에 타서 마시면 된다.

찻잎을 우리고 따르는 이를 '팽주'라 하는데 아이들에게도

돈도 못 버는데 찻집이나 할까?

시켜보니 제법 그럴듯하게 팽주 노릇을 한다. 차 한 잔에 새로 사귄 친구들 이야기며 엄마, 아빠한테 서운했던 이야기가 녹는다. 아들 차례, 딸 차례 번갈아 팽주를 바꾸니 차 마시는 시간이 길게 이어졌다. 영 녹지 않는 시시콜콜한 일 따위는 그냥 타서 마시는 것 같았다.

그렇게 보이차를 시작으로 이 차 저 차를 하나씩 음미하며 마시기 시작하였다. 그렇게 차를 마시다 보니 자연히 찻잔이

차집 내부에 있는 부띠끄의 모습.

돈도 못 버는데 핫집이나 할까?

나 찻주전자도 모으게 되었다. 중국 윈난성에서 나오는 자사호의 앙증맞고 우아한 자태에 빠져 한동안 인천 차이나타운을 헤집고 다녔다.

캐나다로 이민 오면서 대부분의 살림살이를 처분했지만 찻잔들을 가져온 것도 그렇게 애지중지 모은 찻잔들 만큼은 간직하고 싶었기 때문이다. 그리고 그 찻잔들로 인해 나는 찻집을 여는 용기를 낼 수 있었다.

아침에 찻집 문을 열고 진열장에 앉아 있는 팔 년 전에 가져온 그 자사호들을 닦는다. 우리 찻집엔 이것들 말고도 앤틱 찻잔과 티팟 등 600점 가량의 다기들이 전시되어 있다.

찻집 직접 꾸미기

처음 가게를 시작할 때, 앤틱과 빅토리아 풍 미적 감각을 즐기는 50대 여성을 주 타깃으로 설정했다. 나중에 보니 실제로는 손님들의 연령대가 훨씬 낮았는데 예상하지 못한 공통 취향을 발견했다. 패션과 인테리어다. 우리 가게에 오기 위해 일부러 멋스럽게 차려 입는 게 아니라면 유난히 멋쟁이들이 많이 찾는다는 의미가 된다. 또 손님들은 고풍스러운 것과 현대적인 디자인이 함께 있는 우리 가게의 인테리어에도 많은 관심을 보인다.

며칠 전 티룸의 문이 열리고 깜짝 놀랄 만한 손님이 들어왔다. 화이트 러플 블라우스에, 검정 재킷, 그린 톤의 체크 패턴 바지에다 길게 목을 뽑은 화이트 부츠를 매칭했다. 눈부시다.

"오, 굉장한 패션 감각이네요. 대담하고 개성이 넘쳐요."

내가 경의를 표하자 손님이 자신의 인스타그램을 보여준다. 파리에서 패션 사진 작가로 활동했다는 자부심 어린 대답에 걸맞는 감각적이고 멋진 사진들이다. 내가 시크한 배경에 클래식을 가미한 스타일이 좋다고 하니 신이 난 모양이었다. 들고 온 인테리어 잡지를 펼치며 나의 취향을 물어왔다.

우린 신나게 떠들었다. 이런 경우 대단한 영어는 필요하지 않았다. 손가락으로 가리키는 사진에 서로 감탄하는 것만으로도 완벽한 소통이 된다. 금세 우린 친구가 되었다.

새로 사귄 '친구'에게 나는 초콜릿 트러플 차를 냈다. 세련되고 도시적이며, 흥청대는 파리의 뒷골목처럼 퇴폐적인 느낌의 차다. 코코아와 마카다미아 등 견과류가 풍부하게 들어가 거의 액체로 된 디저트 같다. 스팀 우유를 곁들인다. 그녀의 구릿빛으로 드러난 퇴폐적인 어깨를 하얀 숄로 살짝 가리듯 아슬아슬한 경쾌함이 찰랑댄다.

"어쩐지 처음부터 이 찻집의 인테리어가 달라 보였어."

친구가 덕담을 건네며 어느 업체에 인테리어를 맡긴 것인지 물었다. 나와 남편이 직접 한 것이라고 대답하자 친구가 믿지 못하겠다는 표정을 지었다.

결혼 후 한국에서 일곱 번의 이사와 일곱 번의 인테리어를 경험한 내가 캐나다에서 찻집을 낸 곳은 아주 오래된 3층짜리 건물이었다. 이 낡은 건물을 사자고 했을 때 남편은 펄쩍 뛰며 반대를 했다. 하지만 내 머릿속에서는 이미 어떤 그림이 그려지고 있었으므로 멈출 수가 없었다.

이 건물은 다운타운의 작은 공원 앞에 있었다. 위치가 좋았지만, 오랫동안 관리되지 않고 방치된 탓에 가격이 착했다. 경매로 나온 지 오래되었으나 아직 임자를 만나지 못하고 있었다.

짙은 브라운색 염료가 빛 바랜 붉은 벽돌에 빛과 합쳐지니 자연스러운 느낌의 차콜색 벽돌이 되었다.

"내가 이 건물에 멋진 표정을 만들어 주겠어요."라고 했더니 남편이 한숨을 쉬었다.

우선, 건물 외벽부터 시작하고 싶었다. 오래된 캐나다산 붉은 벽돌의 질감은 좋았지만 몇십 년 빛이 바래서 우울하고 지친 표정을 만들고 있었다. 철거하고 새로 쌓자니 많은 시간과 엄청난 공사비가 들

돈도 못 버는데 찻집이나 할까?

고풍스러움과 현대적인 디자인이 함께 있다는 평가를 받는 가게 인테리어는
이렇게 남편과 나의 손으로 직접한 것들이다.

게 생겼다. 잠도 오지 않았다.

　어느 날 건축 자재 상가에서 '스테인'을 보다가 머리에서 전
구가 탁 켜졌다. '벽돌은 살리고 색만 바꿔보자.'

　페인트와 달리 스테인은 염료다. 바르는 게 아니라 염색, 즉
물을 들이는 마감재이다. 벽돌은 표면에 무수한 구멍이 있어

마치 천을 염색하는 것처럼 어쩌면 벽돌도 염색이 가능할 것이라고 생각했다. 게다가 스테인 한 통에 몇십 달러밖에 하지 않으니 실패하더라도 시도해 보자는 생각이었다.

나의 계획을 들은 남편은 벽돌을 염색했다는 이야기는 듣도 보도 못했다고 황당해 했다. 우선 실험적으로 벽돌 몇 장을 염색해봤다. 결과는 놀라웠다. 짙은 브라운색 염료가 벽돌의 미세한 구멍들에 스며들어 원래 있던 빛 바랜 붉은 빛과 합쳐지니 자연스러운 느낌의 진하고 연한 차콜색의 고급스러운 새 벽돌이 모습을 드러내기 시작했다. 일부러 한 장은 진하게 염색하고 옆의 것은 연하게 염색하며 불규칙한 리듬을 내보았다. '오! 된다.' 낡은 벽들이 도회적이고 세련된 표정으로 바뀌었다.

어떤 사람이 가게 앞을 지나다 멈춰 서서 신기한듯 구경을 했다. 시큰둥하게 페인트를 들이마신 표정으로 지켜보던 남편도 붓을 잡고 합류했다. 구경하던 행인이 'Nice job!'이라고 하면서 엄지를 치켜세웠다. 의심이 사라진 순간부터 남편은 나보다 더 부지런을 떨었다.

벽 공사를 하는데 우리가 처음 받았던 견적은 3천만 원이었지만, 이를 단 3만 원에 끝냈다는 말을 들은 친구는 살짝 흥분한 것 같았다.

"세상에! 가구들도 다 직접 만든 거예요?"

가구들도 남편과 내가 직접 만들었다. 캐나다 인테리어 회사의 견적은 한국과 비교해 터무니없이 비쌌고 디자인도 다 비슷비슷해 보였다. 이미 내 머리속에 그려져 있는 특별한 그림을 누군가 현실로 끄집어내야 했다. 전문 업체도 아니라면 그 누구일 것인가?

남편은 평생 방송일만 하느라고 목수일에 대해서는 아는 것이 없었기 때문에 공구 다루는 법을 유튜브로 배웠다. 밤새 유튜브를 보고 뭔가 만들어보는 남편 근처로는 잘 가지 않는 편이 좋았다. 혼자 일할 때는 별 말이 없다가도 나만 기면 망치로 손톱을 내리쳐 피를 흘렸다. 어떤 날은 나사를 박다가 갑자기 몹시 흥분해서는 판자 여기저기에 광란의 드

부러진 나뭇가지로는 액자를 만들고,
흙 화분으로는 세면대를 만들었다.

릴질을 해대며 판자에 저주를 퍼부었다.

여섯 달 정도가 지나서야 대패질하는 남편의 모습이 얼추 목수 비슷해졌다. 다만 매우 '까탈스러운' 목수였다. 작은 탁자 하나를 완성시키기 위해 일곱 번의 아첨을 해야 했다. '못 하나 못 박던 사람이 이제는 목수 뺨을 치게 생겼다.'거나 '어머나 세상에! 이 탁자는 어디다 팔아도 되겠다.' 따위의 말로 그의 비위를 맞춰주었다. 아니꼬운 마음을 감추고 생글생글 웃던 '감정 노동'이야 말로 제일 힘든 일이었다.

인테리어의 포인트는 '발견의 기쁨'이다. 새로운 재료를 발견하고 엉뚱한 쓰임새를 창안한다. 창조와 놀이가 있어 즐겁다. 건축용 2×4 목재를 다듬어 긴 탁자로 만들어 놓으니 손님들이 어디서 살 수 있냐고 묻곤 한다. 뒷마당에 부러진 나뭇가지를 잘라 액자를 만들고 흙 화분으로는 세면대를 만들었다.

어찌 보면 우리 찻집에 오는 손님들은 차와 함께 분위기를 마시러 오는 것이라 생각한다. 비슷한 취향을 공유하는 타인들과 같은 공간에 머무르며 서로를 발견하는 기쁨을 기대하게 된다. 나는 그들의 무드에 맞춰 차를 골라내서 새로운 기분을 창조한다.

결국 따지고 보면, 이 모든 게 놀이이다. '놀면서 돈도 버는 것'이 나의 오래된 꿈이었는데, 캐나다에 와서 나는 그 꿈에 한 발짝 더 다가갈 수 있게 되었다.

돈도 못 버는데 찻집이나 할까?

PART 02

차 마시는 여자
제시입니다

히비스커스와 색을 듣는 여자

눈이 30㎝ 넘게 오더니 이제 그쳤다.

창가로 가보니 세상이 일순간에 흑백 사진이 되어버렸다. 거리는 소리 하나 없이 조용하고 손에 들린 히비스커스 찻잔만이 홀로 붉게 타오른다. 무채색의 텅 빈 공간을 가르며 떨어지는 붉은 꽃잎처럼.

달콤한 고독감이 밀려온다. '참, 이런 장면에 맞는 음악이 있었지.' 카운터에 있는 오디오로 향한다.

나이 오십이 되어서야 알게 된 세상살이의 비밀 중 하나는 '마음을 움직이려면 몸을 사용해야 한다.'는 것이다. 화가 날

'달콤하게 고독한 여인'이 되고 싶다면 고독한 음악과 한 잔의 차를 자신의 몸에
'다운로드'하는 것만으로 충분하다.

돈도 못 버는데 찻집이나 할까?

때는 화를 풀려고 애쓰는 것보다 몸을 뜨거운 욕조에 담가주는 게 낫다. 다른 사람이 되고 싶다면 백 번 결심하는 것보다 살고 있는 장소를 바꾸는 것이 훨씬 낫다. '버럭' 남편을 한국에서 캐나다로 옮겨 놓았더니 우거지상이 펴졌다. '임상실험'을 통해 확인한 사실인 셈이다.

그리고 '달콤하게 고독한 여인'이 되고 싶다면 고독한 음악과 한 잔의 차를 자신의 몸에 '다운로드'하는 것만으로 충분하다. 쳇 베이커와 빌 에번스가 따로 또 같이 연주한 〈Alone together〉와 뜨겁도록 붉은 히비스커스를 손에 든 지금의 나처럼 말이다.

먼 길을 걷다 지친 여행자의 회한 같은 쳇의 트럼펫에 에번스가 무심한 건반으로 '글쎄, 나도 그렇게 느껴. 너와 똑같다(Well, I feel that way too, Just the same as you).'고 대꾸한다.

나는 음악이 색깔을 갖고 있다고 믿는다. 칸딘스키가 〈컴포지션〉 연작을 통해 음악을 그림으로 표현하려고 했던 추상적 방식이 아니라 진짜로 빛과 소리의 자연과학적 '깔맞춤'으로 말이다. 소리와 빛은 둘 다 파장을 가지고 있는데 도미솔과 RGB의 파장 비율이 $1 : \frac{4}{5} : \frac{2}{3}$로 똑같아서 소리와 빛의 관계가 일대일로 대칭을 이룬다고 한다.

〈호텔 캘리포니아〉는 추상화로 번역된다. 몬드리안의 색색

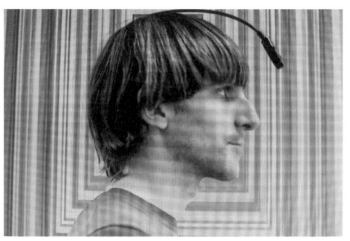

색을 듣는 남자 닐 하비슨(https://youtu.be/ygRNoieAnzI)과 색을 듣는 여자 Jassy.

돈도 못 버는데 첫집이나 살까?

의 네모들은 크기(장단)와 채도(음색)에 대응해 음악이 된다. 좋아하는 노래들을 그림으로 번역해서 음악 갤러리를 만들면 좋겠다. 액자에 '엘튼 존 컴포지션 〈굿바이 엘로우 브릭 로드〉' 나 혹은 '바흐 구성 〈골드베르그〉'라고 적어 놓으면 참으로 아름답고 조화로운 그림이라고 칭찬할 것이다. (실제로 2000년 일본의 한 넥타이 회사는 종달새 소리를 색깔로 바꿔 자연스럽고 세련된 넥타이 상품을 만들었다.)

무채색의 배경에 채도가 낮은 빨간색의 면들이 몽글몽글 떨어지는 쳇 베이커를 들으며 고독하고 달콤하게 히비스커스를 홀짝인다. 오늘은 폭설의 풍경과 만나 쳇 베이커를 소환했지만 화사한 햇빛이나 산들바람에 매칭한다면 능히 댄스곡을 불러올 재간을 가졌다.

클레오파트라가 마셨다는 강렬하고 매혹적인 이 빨간 꽃차

히비스커스 특유의 신맛은 아침을 깨우는
커피 대신으로 제격이다.

는 색깔이 아니더라도 권할 만한 좋은 차다. 카페인이 없고 항산화 성분은 풍부해서 요즘 같은 시절에는 면역력 충만한 몸을 만드는 데에도 좋다. 특유의 신맛은 몽롱한 아침을 깨우는 커피 대신으로도 제격이고 무엇보

다 살을 빼는 일에도 도움이 된다고 한다.

　문 열리는 소리가 난다. 나의 달콤한 고독이 끝나는 소리다. 옷을 겹겹이 껴입어서 눈사람처럼 동그란 손님이 언 손을 비비며 카운터로 온다. 오늘은 히비스커스를 권해볼 생각이다. 사실은 〈Alone together〉를 한 번 더 듣기 위하여.

돈도 못 버는데 첫집이나 할까?

차의 종류는 왜 이렇게 많을까?

    몇 시간째 〈Fly me to the moon〉만 듣고 있다. 비지 어데어
트리오(Beegie Adair trio)의 연주에 꽂혀버린 탓이다.
    골이 잔뜩 난 채로 고장 난 오디오 앰프를 바꾸면서 음질 테
스트로 유튜브 Hi-Fi 음원을 우연히 틀었다가 기분이 3분 만
에 상쾌해지고 말았다.
    할머니 피아니스트 비지 어데어의 경쾌한 스윙 터치와 놀라
운 임프로비제이션(improvisation)이다. 분명 익숙한 멜로디인
데 음표들이 톡톡 옥수수알처럼 튀기는 것은 물론 독창적인
엔딩까지도 새롭고 재미있다. 상쾌한 감동의 〈Fly me to the

녹차 베이스의 가향차 '실버문'이다. 언젠가는 나만의 독특한 배합법으로 해석하고 변주한
'모베터 블루스(Mo' Better Blues)'라는 새로운 차를 만들 것이다.

―

moon)이다. 당장 달나라를 향해 날고 싶은 충동이 일어난다.

감동이 달아나기 전에 얼른 차로 녹여 우려 마셔야겠다.

이런 상황에 딱 맞는 차를 나는 어떻게 미리 알고 주문해 놓
았을까? 녹차 베이스에 그랜드 베리와 바닐라로 향을 입히고
비밀스러운 향신료를 살짝 가미한 상큼 10단의 차, '실버문

(Silver moon)'이다. 차를 우리는 동안 다른 버전의 〈Fly me to the moon〉을 유튜브에서 검색해 본다. 800개가 넘는다. 이렇게나 다양한 달나라 가는 법이 있다니!

20년 전 서울 재즈 아카데미 다닐 때 나도 자주 연주한 곡이다. 연주할 때 리듬도 중요하지만 하이라이트는 역시 즉흥 부분이다. 같은 노래지만 매번 다른 연주가 되었다.

케이 벨러드(Kaye Ballard)의 오리지널 〈Fly me to the moon〉은 3박자 왈츠 리듬인데 프랑크 시나트라(Frank Sinatra)가 스윙 리듬으로 변주해서 히트했다. 클레어 리틀리(Claire littley)가 부르고 일본의 애니메이션 시리즈 《신세기 에반게리온》의 엔딩곡으로 나와 유명해진 〈Fly me to the moon〉은 불안한 음정이 매력이다. 달에 가는 길이 추워서 목소리가 떨리는 것처럼 순박한 맛이 있다. 줄리 런던(Julie London)의 것은 보사노바풍으로 바뀌었는데 어쩐지 유튜브 재생 속도 0.75배로 들으면 훨씬 좋다. 리듬과 색깔은 다 다르지만, 노래는 한결같다.

In other words to be true
In other words I love you.

바야흐로 '변주의 시대'이다.
떫어서 잘 마시지 않던 녹차도 '실버문'으로
돌아오듯이.

차가 다 익었다. 과연 기대를 저버리지 않는 맛있다. 상큼한 과일 향에 달콤하고 깨끗한 청량감 어떻게 녹차로 이런 맛과 향을 낼 수 있을까?

차에는 홍차와 녹차라는 큰 베이스가 있다. 거기에 다른 품종의 차를 섞기도 하고 과일이나 꽃, 초콜릿이나 견과류를 배합하고 바닐라 향, 카라멜 향을 입혀 수백 가지의 새로운 차를 만들 수 있는데 이를 '가향차'라 부른다. 세상에 차 브랜드가 수없이 생겨날 수 있는 이유다. 자신만의 독특한 배합법으로 같은 차를 새롭게 해석하고 변주해서 새로운 멋과 맛을 만들어 낼 수 있으니 과연 이 바닥의 하이라이트라고 할 수 있다.

프랑스의 차 명가 '마리아쥬 프레르'의 형제들도 녹차와 홍차를 이렇게 저렇게 배합하고 꽃잎과 과일을 잘게 썰어 섞고 바닐라 향 따위를 뿌리다가 최고의 황금 비율을 찾아냈을 것이다. 티베트에서 가져온 이국적인 꽃을 넣은 다음, 차 이름을 '마르코폴로'라고 지으면서 그들의 신화가 완성됐다.

나는 언젠가 나만의 차를 만들 것이다. 베트남이나 인도의 지인들에게 좋은 차 산지에 대한 정보를 부지런히 구하고 있다. 좋은 찻잎을 구하면 나만의 비법으로 특별한 차를 만들고 좋은 음악과 짝을 지어줄 예정이다.

"이 차 이름은 모베터 블루스(Mo' Better Blues)입니다. 살짝 쓴 끝 맛을 지닌 인도산 다르질링에 브랜포드 마살리스

돈도 못 버는데 찻집이나 할까?

쿼텟(Branford Marsalis Quartet)의 트럼펫 솔로처럼 선명한 헤이즐넛 향을 가미했지요. 물론 제가 블랜딩한 것입니다만……."

달나라 가는 차례가 오스카 피터슨(Oscar Peterson)으로 바뀌었다. 이 사람은 아이가 소풍 가듯이 달에 가고 있다. 참 발랄한 발걸음에 똑바로 걷지도 않고 메이저, 마이너 지그재그로 간다. 가끔은 물웅덩이에 발을 첨벙이기도 하면서(연주 중 캐럴이 갑자기 튀어나온다).

바야흐로 차도 음악도 '변주'의 시대이다. 오리지널의 대중성과 익숙함을 '반복'하면서 새로운 해석과 표현으로 '차이'를 만들어낸다. 그래서 '영원'히 참맛으로 '회귀' 하는 것이다. 이렇게 다양한 방식의 연주가 없었다면 몇 시간이나 〈Fly me to the moon〉을 듣고 있지는 못했을 것이다. 〈Fly me to the moon〉은 불안한 음정으로, 보사노바로, 어린아이의 천진함으로, 0.75 배속으로 자꾸 돌아온다.

떫어서 잘 마시지 않던 녹차도 '실버문'으로 돌아오듯이.

콤부차 댄싱

언젠가부터 춤을 추지 않았다. 신나는 음악을 들어도 어깨를 들썩이지 않는다. 그래도 1990년대 말 홍대 최고의 핫플레이스였던 '발전소'에서 내가 댄싱 퀸이라는 별명으로 통했는데 말이다.

홍대 발전소는 우리나라에서 유행의 첨단을 달리는 클럽이었다. 세계의 다양한 음악들을 우리나라에 가장 먼저 소개하는 곳이었고, 이렇게 소개된 음악이 다시 우리나라 전역으로 퍼져 나가던 곳이 바로 발전소였다. 《배철수의 음악 캠프》도 홍대 발전소에서 새 음악을 소개받는다는 소문이 있었고 배창

방송국 PD로 일하던 남편을 처음 만난 곳이 바로
홍대 '발전소'였다. 지금은 LP 바로 바뀌었다.

호 감독이나 마광수 교수 같은 당대의 '셀럽'들이 단골이었다. 문화의 최전선을 알아야 한다는 강박을 가진 방송 관계자들도 많이 왔는데 방송국 PD로 일하던 남편이 나를 발견한 곳도 홍대 발전소였다.

한 남자가 스텝을 밟으며 다가오더니, '눈을 감은 채 날개를 펼치듯 두 팔 벌려 음악을 유영하는 모습이 자유로운 한 마리 종달새 같다.'고 삐꾸기를 날렸다. 약간 대머리 기가 있었고 스텝이 촌스러웠고 진지했다.

마지막으로 춤을 추던 기억은 아들을 낳고 젖을 물린 채 〈Too much Heaven〉을 틀어 놓고 아이와 추던 블루스였다.

엄마는 낙타,
목이 말라도 몸이 아파도
뜨거운 모래 위를
무거운 짐을 지고도 걸어가야만 한다.
(중략)

나는 힘센 쌍봉낙타가 되어

뜨거운 사막 속을 가고 있다.

다락처럼 무거워도

야근처럼 피로해도

– 김승희의 시 〈쌍봉낙타〉 중에서

외롭던 육아와 현명한 아내여야 한다는 두 개의 혹이 등에 달려 덜컹거리고 발바닥이 뜨거워 몸을 그 어느 때보다 부지런히 움직였지만, 그것이 '춤'은 아니었다.

한 학기 남은 재즈 아카데미를 그만두었다. 어린이집에 맡긴 아들이 아장아장 혼자 밖으로 나왔다가 후진하던 차를 보고 넘어졌지만 크게 다치진 않았다고 선생님이 울면서 전화한 날이었다. 창작 오페라에 들어가는 몇 개의 곡도 마무리 녹음만 남았지만, 후배에게 뒷정리를 부탁하고 집으로 돌아왔다. 그것이 마지막이었다. '뻐꾸기'는 그동안 다닌 게 아깝다고 학교를 그만두는 걸 만류하다가 편집이 밀렸다고 전화를 끊었다.

작년 여름, 아들이 멍크턴 다운타운에서 길거리 공연을 했다. 사람들은 무심하게 지나가고 대여섯 정도의 행인만 잠시 멈추고 연주를 들었다. 아들이 〈Tennessee Whiskey〉를 연주하기 시작하자 지팡이를 짚고 지나가던 할아버지가 지팡이로 박자를 맞추었다. 기타 솔로가 터지는 부분에서 할아버지가 마침내 지팡이를 집어 던지고 덩실덩실 춤을 추었다. 위태로운 다리가 경쾌하게 흔들거리고 두 손은 허공에 깃발처럼 펄럭였다. 균형을 잃고 쓰러질 뻔했을 때 사람들이 재빠르게 잡아주었다.

할아버지가 춤을 춘다. 누구의 눈도 의식하지 않고 음악에만 집중한 채, 어린아이처럼 꾸밈없고 기괴하고 아름답게 춤을 춘다.

나도 할아버지를 따라 어린아이가 되고 싶다. 아무렇게나 자유롭게 춤추며 누구의 시선도 의식하지 않고 등에 난 커다란 혹을 흔들고 싶었다.

쌍봉이 떨어져 나갈 때까지. 실은 쌍봉이란 없는 거니까.

Royal Doulton wares designed by Penny Davies, England.

발바닥 뜨거운 모래를 다 파내버릴 때까지. 실은 모래는 없는 거니까.

독소가 몸에 쌓여서 그랬을지 모른다. 망설임과 포기에 유폐된 채 춤추는 걸 유예하면서 점잖게 쌓인 젊지 않은 마음이 '독소'의 정체일 것이다. 독소를 날려줄 콤부차(Kombucha)를 꺼내 마시며 디톡스를 해 볼 생각이다.

콤부차는 고대 몽골인들의 지혜가 담겨 있는 '마법의 차'다. 몽골인들이 초원을 질주할 때 약으로 마시던 차였으나 효능이 널리 알려지자 진의 시황제도 매일 같이 마셨다고 한다. 홍차에 '스코비(Symbiotic Colony Of Bacteria & Yeast)'라는 신비한 유익균을 넣고 발효시켜서 만드는데, 몸속의 독소를 제거하는 데 탁월하다. 지금은 원산지였던 몽골보다 오히려 서구에서 더 활발하게 연구가 이루어지고 있는 핫한 차다.

콤부차 한 잔이 딱딱해진 근육을 정화해줄 것이다. 혹이 떨어진 상처도 아물게 할 것이다. 가볍게 몸을 날리는 어린아이의 춤을 다시 줄 것이다. 겨울바람이 부는 시베리아를 상상하며 콤부차로 마법을 걸어본다.

샴페인 같은 매력의 다르질링 차

여자 손님이 씩씩하게 찻집 문을 열더니 문을 활짝 연 채로 계속 서 있다. 칼바람이 쏟아져 들어와 평온하던 찻집 공기를 휘젓는다.

멍크턴은 북위 46도에 위치해 겨울 날씨가 내몽골이나 사할린 급이다. 한참 동안 문이 열려 있으니 나도 모르게 히터 온도계로 눈이 갔다. 살짝 심술이 올라왔다.

여자의 나이는 오십쯤 되었을까. 길게 늘어뜨린 머리를 연신 쓸어 올리면서도 문을 잡은 손을 놓지 않는다.

"Mom!"

멀리 떨어져 지내는 엄마와 딸의 유일한 걱정은 언제나 '그리움'이다.

돈도 못 버는데 찻집이나 할까?

할머니가 들어오신다. 슬로우 모션이 걸린 화면처럼 오신다. 분홍 머리띠를 예쁘게 두르신 할머니 머리가 위아래 흔들림 없는 직선 궤적을 그리며 느리게 미끄러져 들어왔다. 마침내 문턱 넘기를 성공리에 마치자 두 모녀가 손뼉을 치며 한바탕 웃음을 터뜨린다. 나도 엉겁결에 손뼉을 쳤다. '사할린' 같던 찻집 분위기가 금세 밝아졌다.

엄마와 딸은 쉴 새 없이 수다를 떤다. 할머니가 말을 할 때는 슬로우 모션이 아니고 2배속이어서 놀랐다. 할머니의 분홍 머리띠가 샹들리에 조명을 받아 반짝이고 할머니 눈도 반짝인다. 진열장의 앤틱 찻잔을 하나하나 딸에게 설명하면 딸이 감탄하듯 추임새를 넣었다. 마치 젊은 시절 사진첩을 펼쳐 보이며 옛 연인과의 로맨스를 말해주는 것처럼 할머니의 눈빛이 아련했다. 잠시 난방비 걱정을 했던 것에 죄책감이 들었다.

영어를 가르치는 직업을 가진 딸을 보러 세계 여기저기 안 가본 곳이 없다고 자랑하신다. 딸이 이번에는 브라질로 가게 되었는데, 이제는 걸음이 너무 느려져서 딸을 보러 가기는 힘들 것 같다고 한다. 대신 이렇게 우리 찻집으로 짧은 시간 여행을 오셨다는 것이다.

다정한 모녀의 마실을 축하하고 싶어서 다르질링 차를 권했다. 다르질링이 '홍차의 샴페인'이라고 불리기 때문이다. 인도의 자랑거리로 중국의 기문, 스리랑카의 우바와 함께 세계

엄마와 딸을 위한 사랑스러운 Royal standard England Trio 모녀 찻잔 Set.

3대 홍차 중 하나로 꼽힌다. 홍차지만 무겁지 않고 경쾌해 과연 홍차로도 축배를 들만하다.

가게 일을 도우러 나온 딸 소희까지 합세해 넷이서 축배를 들었다. 밴쿠버에서 미술대학을 다니다 코로나 때문에 잠깐 집에 와 있는 딸아이도 새 학기에는 다시 도시로 나가게 될 것이다. 같은 캐나다라지만 멍크턴에서 비행기로 8시간을 가는 먼 곳이다. 할머니도 나도 그리움이 걱정이다.

"Stay close."

할머니가 소희와 나를 보시고 눈을 찡긋한다.

더 가깝게, 아끼며 지내라는 의미이지만, 웬일인지 단어의 뜻 그대로 '가까운 데서 살아.'라고 말씀하시는 것처럼 들렸다.

가슴이 아렸다. 갑자기 엄마 생각이 났다. 딸이 너무 멀리

돈도 못 버는데 찻집이나 할까?

'이사'를 가버린 탓에 함께 쇼핑하고 함께 맛집에 가는 것도, 그리고 가끔 딸인 나와 투닥거리는 것도 못하게 된 울 엄마 생각이 났다. 엄마가 제일 좋아하던 언니, 큰이모가 돌아가셨다고 내게 전화해서는 애써 호상이었다고 웃으셨던 엄마 생각이 나서 할머니 잔에 뜨거운 다르질링을 따라드리다 말고 화장실에 숨었다.

봄이 오기를 기다린다. 펀디만 숲에 나만의 고사리 밭이 있다. 이웃 한국인들이 졸라도 알려주지 않았다. 우리 엄마를 위한 비밀 장소이기 때문이다. 하루 종일 사람 하나 오지 않는 오지, 펀디만 숲의 고사리는 아기 손가락만큼 통통하고 부드러워서 맛이 좋다. 깨끗한 대서양 바람에 산들거리며 키 크게 자란 고사리 밑동을 꺾으면 '똑' 하고 경쾌한 소리가 난다. 푸른 이끼들이 끝없이 펼쳐져 있고 사이사이 고사리가 셀 수 없이 피어 있다. 깨끗하고 순수한 캐나다의 자연을 흠뻑 머금은 건강한 고사리다. 캐나다 사는 딸이 엄마에게 보낼 게 이것뿐이라 해가 저무

"Stay close."가 가까운 데서 살라는 당부로 들리는 날이 있다.

는지도 모르고 꺾었다. 남편은 캐나다 고사리 씨를 다 말릴 셈 이냐고 투덜거렸다.

내가 일부러 '모녀 특집'을 기획한 것도 아닌데 요즘 부쩍 차를 마시러 오는 손님들 중에 모녀가 함께 오는 경우가 많아 졌다. 아마도 나의 '가깝게 살지 않는 죄'를 벌주기 위해서인 것 같다.

할머니가 가시고 오후에는 한 엄마가 딸과 딸 친구들 셋을 데리고 애프터눈 티 파티에 왔다. 작은 숙녀들이 다소곳이 앉 아 엄마의 설명을 들으며 레이디 수업을 한다. 고사리 같은 손 으로 공손히 찻잔을 받치고 100년 묵은 찻잔에 차를 홀짝이는 모습이 귀엽고 사랑스럽다. 전통도 사랑도 이렇게 이어진다.

딸아이 소희가 꼬마 손님에게 낼 스콘이 익었는지 허리 숙 여 오븐을 살피고 있다. 이렇게 엄마를 돕다가 조만간 밴쿠버 로 돌아가고 나면 나는 또 휑해서 며칠을 앓을 것이다.

소희가 스콘을 꺼내며 나한테 잘 구웠는지 묻는다. 세상 모 르는 천진한 눈이다. 아마 내가 대답도 하지 않고 한참을 물끄 러미 쳐다봤나 보다.

"엄마 괜찮아?"

소희가 눈을 동그랗게 뜨고 묻는다.

"미안, 잠깐 딴생각하느라고."

나는 또 화장실에 숨는다.

좋은 영어로 살아남기

　가게 문을 닫으려는데 젊은 남자가 황급히 들어온다. 급한 숨을 고르면서 미소를 짓는다.

　"안녕하세요."

　한국말 인사다. 복모음 발음이 약간 틀렸지만 분명 한국말이다. 나도 한국말로 인사했다.

　자기 발음이 맞는지 묻는다.

　엄지 척하며 "Awesome." 하고 내 영어 발음은 어떤지 물었다. 그가 빠른 웃음을 웃는다. 다른 나라 말을 배우는 이들의 끈끈한 동지애가 느껴진다.

캐나다에 처음 발을 디딘 날이 생각난다. 2012년 크리스마스 다음 날이었다. 가게들이 다 문을 닫았고 눈폭풍까지 왔다. 굶주린 새끼들을 먹이려 멍크턴 시내를 몇 바퀴나 돌았지만, 문을 연 식당을 찾을 수 없었다. 가혹한 신세계였다. 겨우 시내와 한참 떨어진 곳에서 문을 연 피자 가게를 발견했다.

피자로 급한 허기를 달래고 콜라 한 잔을 한 번에 다 마신 아들이 종업원에게 "Can I get a refill?" 하고 영어로 주문하자 나머지 식구가 "Oh!" 감탄하였다.

종업원이 음료를 금방 가져왔는데 아들의 표정이 이상했다. 콜라에서 물파스 냄새가 난다는 것이었다. 내가 마셔 보니 확실히 이상했다. 주문을 했던 음료를 마시지도 못했지만, 당연히 영어로 항의도 하지 못했다. 음료 값은 추가로 청구되었다.

나중에 알고 보니 종업원이 '리필(refill)'을 '루트 비어(root beer)' 라고 들은 것이었다. 설마 우리가 '물파스'를 마시려고 루트 비어를 주문했을 리는 없었다. 하여 네 식구가 입을 모으고 '리필'과 '룻빌'을 소리 내어 연습했다. 억울하지는 않았다. 다만 앞날이 캄캄했다. 아는 단어가 제일 문제였다.

우유를 살 때 하도 애를 먹어서 먼저 온 한국분에게 하소연했더니 '밀크' 말고 '미역'이라고 해보라고 알려줬다. 미역을 달라고 했더니 과연 점원이 우유를 내주었다.

말을 할 때마다 스무고개를 넘어야 의사소통이 되었다. '꾸

돈도 못 버는데 핫길이나 갈까?

인(Queen)' 베드를 주문할 때도, 사자마자 고장 난 자동차의 '마지율(Module)'을 교체할 때도 그랬다. '토라노(Toronto)'영 사관에 전화를 여러 번 하고 '이즈리얼(이스라엘)'에서 온 이 웃에게 망치를 빌려 못을 박고, 주문한 식탁이 오기 전까지는 주로 '맥다늘드(맥도날드)'에서 '치키노삐(Chicken or Beef) 쌔미치(샌드위치)'로 때우며 정착하기 바빴다.

미소가 귀여운 젊은 청년이 '카라멜 티'가 있느냐고 묻는다.

카라멜 티는 따로 없는데 카라멜 향이 들어간 달콤한 블랙 티를 찾는 건가? 내가 머뭇거리자 주섬주섬 손 전화기에서 그림을 보여준다.

"아…… 카모마일!"

땅에서 나는 사과라는 뜻을 가 진 데이지 꽃차가 카모마일이다. 항산화 성분이 많아서 오천 년 가 까이 약으로 사용된 기록이 있다는 꽃차, 한국 드라마에서 재벌 2세가 쓰러지자 여자 주인공인 비서가 서 둘러 대령하던 그 차다. 불안할 때 진정 효과가 있고, 특별히 생리통 에도 효과가 있다고 알려져 있다.

'카라멜 티'의 정체는 알고 보니 '카모마일 티'였다.

땅에서 나는 사과라는 뜻을 가진 데이지 꽃차 카모마일 티.

—

카라멜과 카모마일 꽃차의 사이는 얼마나 먼가. 거의 생리통과 샌드위치만큼이나 먼 사이다. 그걸 여태 섞어 듣는 내 듣기 실력에 한숨이 난다.

'말맛'이라는 걸 잃어버린 지 오래다. 새 메뉴를 만들고 SNS에 사진과 함께 설명하는 글을 영어로 적을 때면 말맛이 하나도 없는 제품 사용 설명서만 쓰고 있는 것 같아 스스로가 한심하게 느껴진다.

어떤 언어를 할 줄 안다는 것은 의사 표현을 한다는 것 말고도 말을 맛있게 쓸 줄 안다는 것이다. 수천 년 쌓인 공동의 정

돈도 못 버는데 첫끝이나 할까?

서를 나누고 자음과 모음이 합쳐지는 아주 작은 틈새에 온갖 느낌과 감정을 숨기거나 찾아낼 수 있다는 것이다. 광고의 말맛이 그렇고, 시의 말맛이 그렇고, 통화하다 마가 뜨는 엄마의 짧은 침묵이 그렇고, 첫사랑의 과묵했던 고백이 그렇다.

매뉴얼식 표현만 하는 한심함에 지친 내가 요사이 말맛을 찾기 위해 애쓰는 영어 공부법이 있다. 구글 이미지에 단어를 처넣고 나오는 수많은 그림을 보는 것이다.

가령 Absurd를 구글 이미지에 넣고 그림을 본다. 벌거벗은 통닭과 트럼프 전 대통령, 꽉 막힌 변기, 마그리트의 수수께끼 같은 그림 따위가 나온다. 화장실에서 큰 걸 마치고 물을 내렸으나 내용물은 그대로 있고 단지 물만 자꾸 내려가는데 누군가 똑똑 노크하는 딱 그 상황이다.

귀여운 총각이 오늘 보여줬던 표정도 여기에 추가할 만하겠다. 카모마일 꽃차 달라고 했더니 카라멜을 내어주는 날 보며 짓던 그 황당한 표정이 바로 Absurd다.

상큼한 멘톨의 스페어민트 차

이번 독서 모임 장소는 우리 찻집이다. 생존 영어에만 의지해 기초 어휘만 입에 달고 살다 보니 바보가 되겠구나 싶어 시작한 모임이다. 다섯 명의 한국 여성들이 멤버다.

한국 책을 주로 고르는데 한국 종이책은 제때 구하기가 어려워 휴대폰으로 읽는다. 몇 페이지 읽었을 뿐인데 벌써 눈이 시려 눈물이 난다. 한국에 전자책 전용 뷰어를 주문했으나 리튬 베터리는 비행기에서 폭발할 수 있다고 배송을 거부했다. 이번에도 다 못 읽어 가면 모범생 언니의 눈총을 받을 게 분명하다. 크게 걱정이 되지는 않는다. 초반의 진지한 10분만 잘 버티면 된다.

"이번 주 책은 어땠나요?"

초롱초롱 빛나는 눈빛으로 언니가 노트에 깨알같이 적어온 생각을 먼저 펼친다. 숙제해 온 사람은 맞장구를 치고 나는 전에 읽어 두었던 책, 《읽지 않은 책에 대해 말하는 법》에 나오는 몇 가지 신공을 발휘하여 선방하고 있다. 고상하고 지적인 10분이 지났다. 누군가 살짝 옆길로 샌다.

"남편이 비염 때문에 고생하고 있어요."

이제 살았다. 이제부터는 독서모임의 진수, 수다의 시간이다.

'A woman's lot is to suffer.'

남편이 애먹인 이야기, 자식 때문에 속 끓인 이야기는 빠지지 않는 주제다.

비염에 걸린 남편이 패밀리 닥터에게 2년 반 전에 치료를 신청했는데 며칠 전에, 그러니까 무려 2년 반이 지나서 치료받으러 오라는 연락을 받았다는 것이다. '2년 반'이라는 물리적 시간도 놀라웠지만, 2년 반이나 지났음에도 잊지 않고 연락해 준 것에 대해서도 다들 놀라워했다.

캐나디에 도착해서 이민자 사이트에서 들었던 병원 이야기는 정말 쇼킹했다. 환자가 응급실에서 차례를 기다리다 죽었다는 이야기가 심심치 않게 눈에 띄었고, 차례를 기다리다 보니 저절로 병이 나았다는 이야기 정도는 발에 채일 정도였다. 아들과 함께 하는 록 밴드에서 보컬을 맡고 있는 친구는 디스크에 걸려 한동안 무대에 오르지 못했는데 수술을 기다리다 지쳐 대마초로 견디고 있다. (캐나다에서는 대마초가 허용된다).

미국은 아프면 보험이 없어 죽고 캐나다는 기다리다 죽는다는 말이 있을 정도라고 한다. 캐나다 사람들은 약국에서 부러진 치아를 붙이는 본드를 파는 것이 당연하다고 생각한다. 그러므로 당장 죽을 것 같지 않은 병은 무조건 기다려야 한다. 언젠가 복통이 심한 딸아이를 데리고 응급실에 갔다. 발을 동동 구르며 접수했더니 줄을 서야 한다고 했다. 줄을 선 환자들의 길고 긴 대열을 보고 아연했다. 게다가 더 위급한 환자가 오면 줄을 건너 뛰니 한없이 밀릴 수도 있었다. 줄 중간쯤에 손바닥 한가운데 큰 못이 박힌 남자가 있었다. 그 모습을 본 딸아이가 이제 복통이 가라앉은 것 같다고 말했다. 그래서 그냥 집으로 돌아왔다.

우리는 패밀리 닥터를 구하느라 5년을 기다렸다. 어지간한 상처는 타이레놀을 먹거나 된장 바르고 견뎠다. 여러 차례 독촉 전화도 소용이 없다는 걸 깨달은 다음에 나는 한국식 읍소 작전을 펴기로 했다. 동네 병원 응급센터에서 의사의 바짓가랑이를 잡았다. 젊은 프랑스계 의사가 금방 울 것 같은 가엾은 표정으로 어깨에 발을 질질 끄는 남편을 매달고 온 동양 여자의 안타깝고 긴 아양을 차마 외면하지 못하고 패밀리 닥터를

돈도 못 버는데 핫집이나 할까?

구하는 빠른 대기자 순번에 넣어주었다. 그렇게 해서 6년 만에 우리는 패밀리 닥터를 구할 수 있었다. 간호사가 옆에서 7년째 기다리는 사람들도 있다고 눈을 찡긋했다.

그런데도 캐나다 사람들은 의료 체계를 만든 토미 더글러스(Tommy Douglas)를 찬양한다. 이런저런 불평을 하다가도 병원에 한 번 들어갔다 나오면 생각이 달라지기 때문이라고 한다. 개인이 감당할 수 없을 듯한 큰 수술도 돈 한 푼 안 들이고, 심지어 병간호까지 책임져주니 병원문을 나설 때는 미안한 느낌마저 든다는 것이다.

독서모임에서 우리가 내린 그날의 결론은 캐나다에서는 아프지 말아야 하며, 절대로 갑자기 아파서는 안 되고, 천천히, 눈에 띌 수 있게 아파야 한다는 것이었다.

한국말을 실컷 했더니 덜 떨어진 영어를 더듬거리다 뭉뚝한 막대기가 되어 버린 혀에 피가 돌았다. 쌩쌩하다. 혀로 책 종이도 벨 수 있을 만큼 샤프하다.

어쩌면 모임에 나오는 우리 모두, 토론이 시작되고 10분이 지나면 자연스럽게 시작되는 이 구간, 하고 싶은 말을 삼키지 않아도 되는 이 시간을 위해 모이는 것일지

말을 많이 해서 목이 칼칼할 때는 스피어민트 차가 좋다.

상큼한 멘톨의 스피어민트 차.

도 모른다. 책은 다만 거들 뿐이다.

　스피어민트 차를 우린다.

　말 많이 하고 목이 칼칼할 때 최고다. 상큼한 멘톨이 입안에 한가득, 단내 나는 긴 수다의 끝을 청량하게 마감해준다. 집에 가려고 다시 마스크를 썼더니 늘 불쾌하던 입 냄새 대신 박하 향이 난다. 어머, 이거 코로나 시대의 필수템이다.

돈도 못 버는데 찻집이나 할까?

부드러운 파래향의 말차

요가 선생님이 가게에 오셨다. 반갑게 인사하면서도 어깻죽지를 비틀까 봐 나도 모르게 몸을 뒤로 뺐다.

동양 문화를 좋아하셔서 금발 머리를 까맣게 염색하고 동양인 눈매처럼 스모키 화장을 길고 짙게 했지만, 어쩐지 그로테스크한 서양 수도사 같은 느낌이다.

"나마스떼. 진작 와보고 싶었어요."

처음 요가 스튜디오에 가서 도도하게 매트를 펼치자 다른 수련생들이 동양인이 왔다고 호들갑을 떨었다. 동양 여자는 태어나면서부터 '전사 2번 자세' 정도는 기본으로 장착되어 있을 거라고 여기는 듯 기대감에 찬 표정으로 다들 지켜보고 있었다.

선생님을 따라 괄약근을 조인다. 다리를 크게 벌린 채 무릎을 구부리는 동작에서 방정맞게 오도독 뼈 소리가 났다. 희미하게 비웃는 소리를 들은 것 같다. 선생님이 스모키 눈빛을 쏘아 수련생들을 보시더니 내게 오셔서 친절하고 부드러운 목소리로 다시 자세를 설명하시며 직접 보여주신다. '아하, 간단한 동작이었네. 이렇게?' 갑자기 어깻죽지에서 우두둑 소리가 났다. 아픈 건 이제 문제가 아니었다. 각기 춤을 추는 듯 삐걱거리는 나를 어떻게든 거둬 보려고 애쓰시는 선생님의 스모키 눈매가 진해지고 있었다.

선생님이 메뉴판 앞에서 고민에 빠졌으니 옳다구나 기회다. '오도독' 각기춤의 치욕을 만회할 때다. 차를 즐기고 권하는 우아한 동양 제자의 품격을 보이리라.

"마차를 드세요. 옛날 동양의 스님들이 명상 수련을 할 때 드시던 차랍니다."

마차(matcha tea), 한국에서 부르는 이름은 '말차'다. 중국에서 시작되었지만, 일본에서 크게 발전하고 전 세계로 퍼진 차다. 그래서 서구에서는 말차보다는 일본식 표현 '마차'라고 불린다.

차나무에 새싹이 두세 장 나오기 시작하면 햇빛을 보지 못하도록 사람들이 일부러 차광막을 씌운다. 그러면 어린 잎들이 살려고 안간힘을 쓰는데 우선 햇빛을 더 받기 위해 엽록소를 두 배로 만들기 시작한다. 쓴맛이 나는 성분인 카테킨은 줄이고 감칠맛이 나는 성분인 아미노산을 늘리면서 더 진한 녹색이 되기 위해 몸부림치는 것이다. 이 과정에서 찻잎의 질긴 섬유질은 부드러워진다. 마차의 진한 파래 향은 햇빛 가림막 아래 어둠 속에서 어린 찻잎들이 생존을 위해 펼친 고군분투의 결과물이다. 그렇게 눈물겹게 살아남은 어린 것들을 싹둑 따서 곱게 갈아낸 것이 바로 마차다.

선연한 초록빛, 곱게 간 일본 교쿠로 산 마차 반 스푼을 다완에 넣는다. 이제부터가 중요하다. 격불을 해야하기 때문이다. 격불은 대나무로 만든 솔, 차선으로 말차를 물에 풀어 거품을 내는 과정이다. 차선을 단단히 쥐고 알파벳 M을 그리듯 힘차고 거칠게 다완을 저으면 마침내 고운 거품과 함께 부드럽고 고소한 맛이 나는 말차가 된다. 문제는 생각보다 더 힘차고 거칠게 팔을 움직여야 한다는 것이다. 다행히 오도독 뼈 소리는 나지 않았다.

격불은 차선을 단단히 쥐고 알파벳 M을 그리듯 힘차게 저으면 되지만, 말처럼 쉽지는 않다.

찻잎 온몸의 차, 밝음을 향한 끈질긴 생명의 차, 가

루가 되어도 잃지 않은 푸름의 뜻을 담아 선생님께 마차를 드렸다.

"나마스떼. 어쩜 초록빛이 이리 예쁠까요?"

마차의 사연을 듣더니 선생님이 신기한 이야기라며 놀라워하셨다. 귀한 차를 마셨으니 명상이 잘 되겠다고도 하신다.

코로나가 끝나야 다시 요가 스튜디오에 나가 '각기춤'을 출 텐데. 멍크턴에는 오늘 다시 빨간색 경보가 켜졌다. 다운타운의 가게들도 상황이 나아질 때까지 임시로 문을 닫는다는 소식이다. 하지만 나는 찻집의 문을 계속 열어두기로 했다.

"마차처럼 엽록소를 두 배로 늘릴 테다."

마차의 진한 파래 향은 햇빛 가림막 아래 어둠 속에서 어린 찻잎들이 생존을 위해 펼친 고군분투의 결과물이다.

돈도 못 버는데 찻집이나 할까?

밀크티 전쟁

"밀크티는 없나요?"

찻집을 하면서 가장 자신 없는 메뉴가 밀크티인데 하필 그걸 꼭 집어서 주문을 받으면 긴장된다. 찻집을 막 시작했을 때 어떤 노부인께서 밀크티를 드시고 얼굴을 찡그린 이후 생긴 공포다.

100년 넘게 밀크티를 마셔온 사람들이라 밀크티의 미세한 차이도 다 알아챌 수 있게 된 것일까? 하기는 이 사람들은 찻잔에 우유를 먼저 넣느냐 홍차를 먼저 넣느냐를 가지고 100년 동안 갈라져 싸우고 있다. 유명한 우유 먼저파 MIF(Milk in

새로운 방식의 밀크티 런던 리얼리 포기(London Really foggy)다.

First) vs 홍차 먼저파 TIF(Tea in First) 논쟁이 그것이다.

처음에는 취향을 묻는 가벼운 논쟁이었다. 하지만 당대 석학들이 논쟁에 뛰어들고 영국 왕실까지 입장을 밝히자 영국인들이 반으로 나뉘어 싸우게 된 것이다. 상류층이 자신들의 차마시는 습관대로 '홍차 먼저'를 옹호하고 나서자 노동자 계층이 반대로 '우유 먼저'를 지지하면서 한국 탕수육의 '부먹 찍먹' 논쟁과는 달리 계급성을 띤 진지한 논쟁으로까지 확대되었다.

먼저, 홍차 먼저파 TIF의 주장은 이렇다.

홍차의 색과 향기를 감상한 후 우유를 나중에 붓는 것이 차

돈도 못 버는데 찻집이나 할까?

를 제대로 즐기는 방법이라는 것이다. 설탕을 넣은 홍차를 실버 스푼으로 잘 저으면서 농도를 보아가며 우유를 부어야 차와 우유의 비율이 잘 조화된 밀크티를 만들 수 있다는 주장이다.

조지 오웰이 대표적인 TIF파다. 그가 1946년에 발표한 에세이 〈한 잔의 맛있는 홍차(A nice cup of tea)〉에서 완벽한 차 한 잔을 만드는 가장 중요한 포인트로 짚은 것이 바로 '차를 찻잔에 먼저 붓'는 것이다.

반면 우유 먼저파인 MIF는 우유를 먼저 찻잔에 채워 넣고 홍차를 그 위에 부어야 더 잘 섞여 좋은 풍미를 낸다고 주장한다. 게다가 더운 우유를 먼저 부으면 당시 값이 비쌌던 찻잔을 예열하여 보호하는 효과도 있으며 따로 비싼 은수저를 쓸 필요도 없으니 다수의 영국인들이 마땅히 따를 옳은 방법이라는 것이다.

밀크티 논쟁에서 벗어나 새로운 방식으로 만드는 '중립지대 밀크티'인 '런던 리얼리 포기(London Really foggy)'를 찾았다.

주말 티타임에 맞춰서 준비한 스콘과 로얄 밀크티다.
스콘은 홍차와 가장 잘 어울리는 베이직하고 클래식한 티푸드 인 것 같다.

밀크티 만드는 방법을 놓고 가족끼리 갈라져 싸우고, 오랜 우정이 깨지며, 서로를 '이단'이라고 조롱하는 등 온 영국이 둘로 쪼개져서 갈등하니 마침내 2003년 영국의 왕립 화학 협회가 나서기에 이르렀다.

영국의 왕립 화학 협회는 "우유를 먼저 넣어야 합니다."라고 결론을 내렸다. MIF의 승리를 선언한 것이다. 협회는 그 근거로 뜨거운 차를 넣은 다음에 우유를 부으면 우유 단백질이 열 때문에 변성될 수 있다는 이유를 들었다. 단백질이 변성되면 밀크티를 끈적이게 만들고 이 과정에서 밀크티의 풍미가 사라진다는 것이었다. 과학적 분석이었다.

돈도 못 버는데 핫쟝이나 할까?

왕립 화학 협회의 발표에 온 영국이 환호와 비난으로 동시에 들끓었다. 하지만 협회의 예상과는 다르게 논쟁은 오히려 더 격렬하게 진행되었다. 결과에 승복할 수 없었던 TIF파는 세를 불려 조직을 꾸리고 각종 잡지에 기고하는 등 이론 투쟁을 활발하게 전개했다.

그 결과 현재는 영국인의 79%가 TIF라고 한다. 영국 왕실마저 왕립 화학 협회의 과학적 권고를 따르지 않고 여전히 TIF의 원칙을 따르고 있다고 밝혔다.

MIF파는 과학적인 근거를 바탕으로 승리를 거두었지만, 오히려 지지자의 수가 많이 줄어들었다. 반대 진영의 활발한 홍보전의 파상형 공격을 감당하지 못하고 현재는 그 수가 20%까지 떨어졌다는 보고도 있다. 하지만 그럴수록 남은 이들의 신념은 더욱 공고해져 MIF 골수파가 되었다. 이들은 누군가 차를 따를 때 유심히 관찰하며 우유를 먼저 붓지 않으면 그냥 넘어가지 않고 따져서 자신들의 정통성을 지키려 애쓴다. 누군가 당신의 찻잔을 유심히 관찰하는 사람이 있다면 MIF 골수파일 공산이 크다.

이런 판국이니 영국 이민자 출신이 신대륙에 건너와 제일 먼저 세운 도시 중 하나라는 멍크턴에서 내가 소신껏 밀크티를 내기란 극도로 위험한 일이다.

아마 첫날 오신 노부인이 내 밀크티에 얼굴을 찡그려 나에게 트라우마를 안긴 것도 밀크티의 맛 때문이 아니라 밀크티를 만드는 순서 때문이었을지 모른다고 생각하니 아찔하다. 만약 그 노부인이 암약중인 골수 MIF로서 정통성을 지켜나가기 위한 일상적 실천 투쟁 중이었다면? 치마 밑으로 숨겨온 기관총의 방아쇠를 만지작거리며 내가 차를 먼저 따르는지 우유를 먼저 따르는지를 지켜보고 보고 있었다면?

이 살벌한 밀크티 전쟁에서 나 같은 이민자가 살아날 방법은 아주 새로운 방식으로 중립지대 밀크티를 찾아내는 것이었다.

남편과 런던의 타워브릿지를 거닐며 앞으로 함께 '앤틱'을 공부해서 책도 내고,
유럽에 머물 수 있는 조그만 집도 사자는 꿈을 이야기했던 시절의 모습이다.

돈도 못 버는데 핫집이나 갈까?

런던에서는 '런던 리얼리 포기(London Really Foggy)'를 맛볼 수 없었지만,
런던은 밀크티의 고향 같은 곳이다.

그렇게 해서 내가 찾은 것이 바로 런던 리얼리 포기(London Really foggy)다.

이 밀크티는 말차와 같이 부드러운 홍차 가루를 개어 거품 우유를 얹어 먹는 새로운 방식으로 만든다. 찻가루와 거품우유를 애초에 섞어 만드니 우유가 먼저니 나중이니 따질 일이 없다. 개성이 아주 강한 차로 우리 찻집의 베스트셀러 중 하나다. 좋아하는 사람은 이것만 찾는다. 무엇보다 이 차는 애초에 MIF니 TIF니 하는 논쟁을 차단하도록 만들어져 나도 더는 손님 눈치를 보는 일이 없어서 좋다.

다행히 이번 손님이 런던 포기에 감탄하며 묻는다.

앤슬리 로얄 블루에 따른 '로얄 밀크티'는 이름도 분위기도 모두 잘 어울린다.

"정말 색다른 밀크티네요. 그런데 왜 런던에서는 이 차를 보지 못했을까요?"

당연한 일이다. 이름에 '런던'이 들어 있지만, 실은 캐나다 밴쿠버에서 처음으로 시작된 차이기 때문이다.

그리고 틀림없이 밴쿠버의 어느 찻집 주인이 MIF, TIF 논쟁의 틈바구니에서 시달리다 지친 나머지 이 차를 만들게 되었을 것이다. 어느 한 편을 들기 힘든 뿌연 안개 같은 찻집 주인의 고민을 담고 있으니 이름도 '안개 낀 런던(London Really foggy)' 아닌가!

차에 우유를 넣어 마시게 된 것은 옛날에 차가 너무 비쌌기 때문이다. 찻잎을 조금만 사용하고도 우유를 섞으면 많은 양의 차를 만들 수 있었다. 마치 우리나라 1960~70년대에 라면 한 봉지로 온식구가 배불리 먹을 수 있었던 것처럼 말이다. 비싼 라면 한봉지에 국수를 한 솥 삶아 섞어 양을 불려서 먹어서 가능했다.

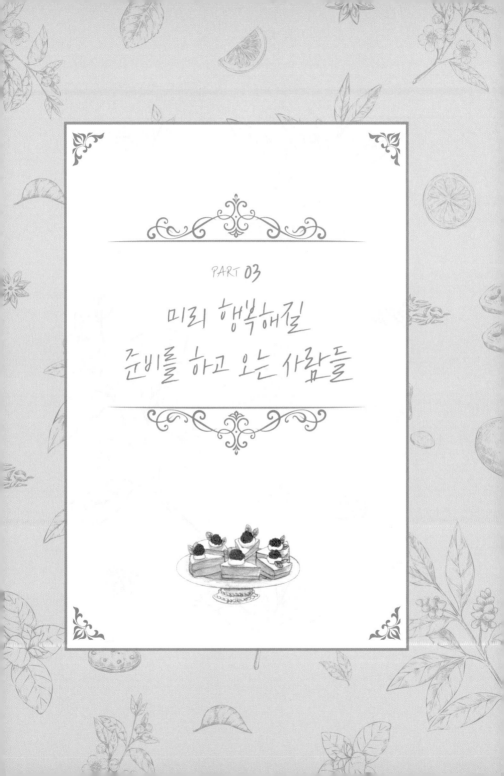

PART 03

미리 행복해질
준비를 하고 오는 사람들

건강한 풍요로움의
1837 White Tea

앤틱 찻잔을 한창 모을 때는 열일곱 시간이나 차를 몰고 토론토까지 간 적도 있다. 인터넷 옥션에 나온 찻잔 하나를 직접 받기 위해서였다.

갖고 싶던 로열 크라운 더비 이마리 패턴의 에소잔, 잔 받침대(saucer), 거기에다가 사이드 접시(쿠키 접시)까지 함께 있는 트리오 세트가 경매에 나온 것이다. 이 기회를 놓치면 평생 다시는 크라운 더비를 만나지 못할 것 같았다. 온라인으로 덜컥 계약을 했는데, 문제는 토론토까지 가서 직접 받아와야 한다는 것이었다. 남편의 운전 속도로는 가는 데만 열일곱 시간

위 : 로열 크라운 더비 이마리 2457패턴
　　데미타세 트리오, 1916년, England.
좌 : 런던 노팅힐 포토벨로 마켓에서
우 : 파리의 3대 벼룩시장 중 하나인
　　생투앙 벼룩시장에서

—

이 걸리는 거리였다. 게다가 왕복을 해야 했다. 대도시에 가면
한인 식당에 들러 순댓국을 먹을 수 있다고 남편을 겨우 설득
해서 밤새 토론토까지 달려갔다. 마침내 찻잔을 영접한 순간,

돈도 못 버는데 찻잔이나 할까?

유럽 여행에의 결과물인 웨지우드 찻잔과 티 스트레이너.

아뿔싸! 사진에는 없던 수많은 칩과 실금들이 나를 반기고 있었다. 밤샘 운전으로 눈에 핏발이 선 남편은 화를 참지 못하고 모진 말을 내뱉었다. 내가 가지고 있는 600여 점의 소장품들은 모두 이런 난관을 수없이 거치면서 하나 둘 가져다 놓은 것들이다.

영국 런던의 앤틱 시장이나 파리의 생뚜앙 벼룩시장을 뒤져서 가져다 놓은 것들도 있다. 대서양 건너 유럽으로 출장처럼 앤틱 찻잔을 구하러 다녔다. 노팅힐에선 '웨지우드 찻잔 세트'를, 생뚜앙에선 티 스트레이너를 사 왔다.

그렇게 동네 벼룩시장(flea market)부터 골동품 가게, 옥션, 그리고 유럽 장터까지 다니다 보니 찻잔은 하루가 다르게 늘어만 갔고, 더 이상은 집안에 둘 곳이 마땅치 않게 되었다. 그래서 쇼룸처럼 차린 가게가 바로 Jassy boutique & tea room 이다.

내가 소장하고 있는 세 종류의 이마리 패턴은 1891년에서 1921년 사이에 제작된 아주 오래된 찻잔들이다. 군데군데 세월이 남긴 상처들이 있지만, 그 상처마저 옛이야기를 들려주는 것 같아 더욱 소중하다. 그리고 이 이마리 문양의 시초는 임진왜란 후 일본에 끌려간 '도자기의 신' 이삼평 등 우리 도공들이었다는 이야기가 있어서 더욱 애틋하다.

찻집 문을 열며 'Today's tea'는 무슨 차로 고를까 살핀다. 오래 기획해서 갖춘 차 종류가 스물 몇 가지 되는데 그 중에서 '오늘의 차'를 고르는 일은 그날의 날씨나 골라 놓은 음악, 무엇보다 손님들의 기분에 딱 어울리는 차를 꼭 집어 찾아내는 일이라 소소하지만 행복한 순간이다.

오늘은 점점 심각해지는 코로나 뉴스를 정화시킬 생기 넘치는 놈으로 고민하고 있는데 손님이 들어온다. 키가 크고 근사

리모지미니어쳐(France Limoge Veritable Porcelain D'art Miniature)

한 옷차림의 백인 여자 손님이다. White tea가 있는지 묻는다.

"차를 좀 아시네요."라고 했더니 "왜 그렇게 생각하느냐?"고 해서 "Black tea나 Green tea를 찾는 분은 계셨지만 White tea를 물어본 사람은 처음이어서요."라고 했더니 웃는다.

'맞아. 오늘은 이걸로 하자. 1837 White.'

클래식한 화이트 티에 신비한 버뮤다 삼각 지역에서 가져온 야생 딸기와 꽃들의 향기를 뿌려 넣은 차, 아주 지적인 느낌의 차다. 게다가 Black tea나 Green tea보다 항산화 성분이 더 많으니 코로나를 이길 면역력을 기르는 데도 좋다.

차 맛이 좋다고 손님이 소곤거리는 목소리로 말을 걸어온다. 뉴욕에서 그림을 그리는 일을 하다가 멍크턴으로 왔다고 한다. 왜 뉴욕에서 먼 이곳 캐나다 시골까지 오게 되었는지 궁금증이 일었다. 하지만 더 묻지 않아도 될 듯싶다. 손님이 차 항아리들을 물끄러미 보다가 "Jassy's choice, 이 차는 어떤 맛이지요?" 하고 물었기 때문이다. 이 차야 말로 우리 가게의 회심의 카드다. 살짝 힌트를 줬다. 이 세상 최고의 차라고.

표정을 보아하니 왜 멍크턴까지 오게 되었는지는 아마 내일이나 모래쯤 알게 될 것 같다.

돈도 못 버는데 찻집이나 할까?

괴짜들의 도시에 어울리는 뱅드로즈

　제시 티룸을 꾸밀 때 여자들이 행복한 공간이었으면 좋겠다고 생각했다. 애초에 영국에서 '티룸'이 생겨난 이유가 남자들만 커피를 팔던 '카페'에 출입할 수 있었던 것을 용납할 수 없었던 여자들이 만들어낸 대안 공간이었기 때문이다. 그래서 처음부터 제시 티룸은 예쁜 앤틱 찻잔과 주얼리, 사랑스럽고 아기자기한 소품들을 배치해서 우아하고 여성스럽게 꾸미려고 노력했다.

　오늘은 어쩐지 아름다운 여인이 첫 손님으로 올 것만 같았다. 찻집 문을 열자마자 과연 예상대로 긴 치마를 입고 분홍색

카디건을 걸친 손님이 들어왔다. 발목까지 내려온 긴 모직 치마는 무릎에서 발을 향해 날렵한 경사를 이루고, 딱 맞게 입은 파스텔톤의 분홍색 상의는 몸매를 그대로 드러내었다.

오랜만에 보는, 캐나다 시골마을에서 보기 힘든 빛나는 매칭이다. 젊은 시절 에스모드에서 패션을 전공했던 나는 누가 입은 옷에서 특별한 취향을 읽는 걸 즐긴다.

"어떤 차를 마시면 좋을까요?"

파르라니 깎은 수염에 저음의 목소리를 가진 남자였다.

이런 경우는 미리 대비해두지 않아서 당황했다. 나무 쟁반을 든 채 재빠르게 머릿속을 스크롤 해본다. 여자 손님께 권하면 좋은 차 폴더는 건너뛰고 남자 손님에게 어울리는 차 폴더도 건너뛰어야겠지? 롤업 롤다운. 손님 기분 별 폴더, 날씨 별 폴더…… 머릿속 폴더를 다 열어봐도 여자 옷을 감쪽같이 소화해내는 남자를 위해 마련해둔 폴더는 없다.

'혹시 그 차라면?'하는 생각이 머릿속을 스쳤다. 아직 정체 파악을 마치지 못한 묘한 차가 하나 있었다. 뱅드로즈(Bain de roses). 한국말로 하면 '장미 목욕' 쯤 될까? 우아한 맛을 기대하게 만드는 이름은 아니다.

뱅드로즈는 가향 홍차로 다르질링 홍차를 베이스로 오월에 직접 딴 장미 잎과 바닐라로 향을 입힌 차다. 첫 스테이지에서는 은은하지만 확연한 장미 향이 올라온다. 바닐라를 덧입힌

덕에 부드러운 달콤함이 입안에 오래 머문다. 마지막 스테이지
에 다르질링을 베이스로 한 차라는 걸 상기시키듯 살짝 떫은
맛을 남긴다. 순순히 물러나지 않고 끝까지 한마디를 토해내는
것이다. 그런데 마지막 한 마디라고 할 수 있는 떫은 듯하지만
싫지 않은 뒤끝이 묘하다. 마치 고혹적인 흑장미의 도도한 아
름다움에 무심코 손을 뻗었다가 가시에 찔린 느낌이랄까!

'게이 지수(Gay index)'라는 게 있다. 한 도시에 게이가 얼마
나 사는지를 계량한 수치다. 전세계에서 무섭게 발전하는 도
시를 살폈더니 공통점이 있었는데 모두 게이 지수가 높은 곳

이었다고 한다. 샌프란시스코의 실리콘밸리, 텍사스 오스틴 등이 대표적이다.

늘 보헤미안을 꿈꾸던 나는 이민 오기 전에 정착할 나라와 도시를 찾을 때, 이 게이 지수를 놓고 후보 도시를 골라서 방문해보곤 했다. 자기와 다른 존재에 대한 포용적인 태도를 소중하게 여기고 적극적인 자기표현을 서로 권하며, 그 독창성이 실력이 되는 노골적인 '괴짜들의 도시'들이었다. 우리 가족이 정착한 멍크턴도 바로 그런 곳 중 하나였다.

"어메이징!"

손님이 뱅드로즈를 담아낸 호박색의 투명한 더블 월 잔을 들어 보이며 낮은 저음으로 만족스러움을 알려온다. 뱅드로즈의 저 호박색 찰랑거림은 언제 봐도 인스타그램에 담아두고 싶어지는 색깔이다.

투명한 더블 월 잔에 담긴 뱅드로즈의 호박색 찰랑거림은 인스타그램에 담아두고 싶어지는 색깔이다.

그가 차를 마시며 아이패드에 그림을 그렸다. 자신은 작가인데 지금 전시회를 준비 중이라고 했다. 식은 티팟을 데워줄까 하고 다가갔다

돈도 못 버는데 핫길이나 할까?

가 독특한 그림체에 놀랐다. 나선의 추상적인 형체가 용솟음치고 있었다. 신비스러운 느낌의 그림이었다. 역시 뱅드로즈를 권하길 잘했다는 생각이 든다. 손님께 꼭 맞는 차를 골라낸 것 같았기 때문이다.

차는 '미디어'다. 부드럽지만, 전달되는 메시지는 완고하다. 차는 뜨겁게 내기 때문에 대부분의 경우 '응원'의 뜻을 지니고 있다. 나는 그의 그림을, 아름다운 에메랄드 빛 턱을, 그리고 그가 지닌 '괴짜스러움'를 뜨겁게 응원했다.

그는 우리 가게의 단골손님이 되었다. 비슷한 차림의 동반자들이 함께 오기도 한다. 아마 그도 우리집에 온 첫날 뱅드로즈의 '가시'에 찔린 게 분명하다.

좋은 차를 알아보는 법

　'한쿡'에 대해 관심이 많다는 캐나다 남자, 지난번에 《사랑의 불시착》처럼 재미있는 한국 드라마를 추천해 달라던 그 손님이 다시 오셨다. 드라마는 잘 모른다고 하자 큰 눈을 끔뻑이더니 이번에는 BTS의 뮤직비디오에서 자기가 찾은 상징에 대해 열심히 설명하기 시작했다. 나도 모르게 흐뭇한 미소가 절로 지어졌다. 한류는 어느덧 캐나다 동부의 끝 작은 마을 찻집에까지 와 있다. 오늘은 블랙핑크에 관해서 물어보려나 하고 있는데 갑자기 훅 들어온다.

　"어떤 차가 좋은 차예요?"

White tea   Yellow tea   Green tea   Oolong tea   Black tea

발효 정도에 따라 차의 색도 다양하다.

    질문을 받고 보니, '어떤 차가 좋은 차일까?' 생각이 많아졌다. '세계 3대 홍차라는 중국의 기문차(Keemun), 인도의 다르질링, 스리랑카의 우바 중 하나라고 해야 할까?' 아니면 '발효가 많이 된 순으로 보이차-블랙티(홍차)-우롱차(철관음)-녹차-백차의 차례니 좋아하는 발효 정도에 따라 고르라고 해야 할까?' 그것도 아니면 '세포 손상을 예방하는 산화방지제 카테킨은 가장 많고 카페인 함량이 가장 적은 녹차와 백차가 건강에 가장 좋다고 해야 할까?' 잠시 뜸을 들였지만, 가장 정석적으로 답했다.

"취향에 따라 다르지요. 어떤 차를 좋아하세요?"

"그걸 모르겠어요."

나도 그랬다. 좋은 차를 찾기 위해 '공부'를 하던 때가 있었다. 원산지 별, 제조 방법 별, 블랜딩 방법 별로 가짓수도 많았다.

한번은 토론토에서 열린 차 엑스포에도 갔다. 세계 각국의 잎차와 커피 원두를 들고 부스를 차린 수백 개의 업체들이 시음을 권했다. 세상의 모든 차를 다 마셔볼 수 있겠다는 기대감으로 한껏 들떴지만 반 바퀴를 돌기도 전에 미각에 홍수가 났다. 걸음을 옮길 때마다 뱃속에서 커피와 차가 출렁거리는 소리를 냈다. '아, 차를 공부하는 게 왜 이렇게 어려운 거야!'

게다가 같은 차라도 어떻게 우려내느냐에 따라 맛이 달라진다고 하니 덜컥 겁이 났다. 우선은 3g의 차를 300cc의 물에 3분 동안 우린다는 '333 법칙'에 따라 차를 끓이기로 했다. 물의 온도를 95℃에 맞추려고 하니 온도를 설정할 수 있는 디지털 포트가 필요했다. 나는 그렇게 시작했지만, 모두가 나처럼 해야 하는 것은 아니다.

"잘 못잤어요. 넷플릭스로 드라마를 보기 시작하면 중간에 끊을 수가 없어요."

그의 얼굴이 좀비처럼 피곤해 보인다.

"뭘 보시는데요?"

"《킹덤》이요."

이 손님도 한번 걸리면 좀처럼 치유하기 힘들다는 '한쿡병'에 걸려버린 것 같다. 하지만 '한쿡병' 때문에 한국인이 연 찻집을 찾아주니 나도 그 덕을 보는 셈이다.

'이 손님에게는 어떤 차가 좋을까?'

원을 크게 그려 놓으면 어디를 봐야 할지 알 수가 없어서 어지럽기만 하다. 하지만 원의 아무데나 작은 점 하나를 찍으면, 그때부터는 점을 중심으로 방향과 거리가 생겨서 어지럽지 않게 된다.

끝이 보이지 않는 뜨거운 사막 한가운데 내가 서 있다. 타들어 가는 목마름에 어디로 가야 할지 분간조차 할 수 없다. 그러나 우물이 있는 한 점을 찍을 수 있다면 이제 목마름은 거리 계산 문제가 된다. 방향이 생겼으니 참을성 있게 걸어가면 오아시스를 만날 것이기 때문이다.

문제는 '점 하나'를 갖는 것이다. 차의 품종이나 이름을 보지 않고 나의 눈과 코와 입을 믿어 보기로 했다. 어느 날, 차를 따르는데 색깔이 너무 예뻐서 한참을 쳐다봤다. 정갈하고 투명한 엠버(amber), 호박색이다. 우선 찻빛이 좋다는 것은 신뢰할 수 있다는 뜻이다. 머스크 향이 그윽한데 호들갑스럽지는 않다. 한 모금 마셔본다. 과연 몸 구석구석이 깨끗해지는 느낌이다. 나도 모르게 미소를 짓고 있었다.

그 날부터 나에게도 작은 '점'이 하나 생겼다. 이제 이 차보다 빛이 붉으면 블랙티 쪽이고 연하면 화이트티 쪽이다. 방향성이 생긴 것이다. 향기로 보아 가향차. 추가 재료를 살피면 원차와의 거리를 알 수 있다. 그리고 이 차보다 맛이 없으면 맛없는 차, 이 차보다 맛 있으면 좋은 차가 된다.

나의 좋은 차 구분법은 이렇다. 나도 모르게 미소짓게 하는 차, 그리고 편견 없이 첫 느낌이 좋으면 그 차에 관해 공부를 시작한다. 마치 누군가에게 첫눈에 반하고 그의 하루 일과가 궁금해지는 것처럼 말이다. 결국 어디 출신(품종)인지 무슨 옷(제다, 가향)을 입는지 어느 회사(브랜드)에 다니는지는 나중에 내가 새롭게 반할 만한 '사람'을 알아보기 위한 방편일 뿐

루이보스는 홍차 같지만 다른 맛과 다른 향의 차다. 여러 가지 효능이 있지만, 효능을 너무 강조하면 왠지 맛이 없을 것 같아서 그냥 즐기기로 한다. 다만, 피부 미용에 좋고 숙면을 취할 수 있게 돕는 효능만큼은 기억해둘 만하다.

돈도 못 버는데 찻집이나 할까?

파란 공작새, Wedgwood & co, Canterbury 웨지우드, C1909, England

이다.

물론 첫 느낌이 주관적일 수는 있다. 하지만, 맛에 '객관'이 있는가? 객관적인 사랑이 존재하는가?

오늘 이 '한쿡병'에 걸린 손님에게 권할 차는 루이보스 (Rooibos)다. 루이보스는 카페인이 없어 젖먹이 아기들에게도 주는 차이다. 남아프리카 고산 지역에서 자라는 침엽수를 원주민들이 약로로 쓰는 것을 본 네덜란드 사람들이 홍차 대용으로 이용했던 차인데 붉은빛이 압권이다. 넷플릭스 드라마를 연달아 보느라 지친 그에게 편안한 잠자리를 돌려줄 것이다.

빌 에반스(Bill Evans)의 〈Peace Piece〉를 앰프에 올린다. 차

는 빛과 향, 그리고 맛으로 세 번 마신다지만, 귀로도 마신다. 에반스의 첫 마디, 투명한 멜로디가 손님의 붉게 물든 찻잔을 가볍게 튕겨준다. 그가 내 쪽을 보고 웃는다.

　'차가 좋다는 걸까? 음악이 좋다는 걸까?'

돈도 못 버는데 찻집이나 할까?

제시의 선택

겨울비가 온다.

캐나다에서 첫겨울이 생각났다. 캐나다의 첫인상은 어마어마한 눈이었다. 집집마다 한쪽으로 눈을 쌓아 놓는데 어른 키보다 높았다. 남편은 삽질을 하고 어린 딸과 아들은 지붕에서 눈 더미로 뛰어내리며 놀았다. 나는 뜨거운 커피를 주전자에 타서 김을 호호 불어 컵에 따라주며 백설공주처럼 온통 새하얀 눈 세상을 만끽하였다.

동네 사람들이 눈 치우는 기계(Snow blower)를 요란하게 돌리다 말고 서서 묘한 웃음을 지으며 우리 가족을 쳐다봤다.

돈도 못 버는데 찻집이나 할까?

올해도 어김없이 스노우 스톰이 왔다.

'후훗, 낭만을 모르는 사람들. 시끄러운 엔진 소리가 이 운치있는 새하얀 세상을 망가뜨리고 있어요.'

남편도 눈 치우는 게 즐거운지 연신 콧노래를 불렀다. 오랜만에 아빠 노릇을 하는 게 뿌듯한 듯 열심히 삽질을 했다. 남편 코에서 한 마리 말처럼 허연 김이 연신 뿜어져 나왔다.

하지만 이듬해 겨울에는 눈 치우는 기계부터 샀다. 남편이 허리를 쓰지 못했기 때문이었다. 일기예보에 눈 소식이 있는 날이면 남편이 비루먹은 말 울음 소리를 냈다.

무슨 일인지 올해는 12월이 다 가도록 좀처럼 눈이 오지 않는다. 하늘이 코로나에 걸리기라도 했는지 눈 대신 비가 온다. 조그만 키에 야무진 입술을 가진 남자분이 들어왔다. 두리번 거리는 폼이 처음 오는 손님이다.

"Jassy's choice? 그걸로 할게요."

"이 메뉴는 좀 특이한 메뉴인데 알고 시키시나요?"

이름 그대로 내가 선택해서 내 마음대로 주는 메뉴라고 설명하자 잠시 눈빛이 흔들리다가 그러라고 한다.

내가 선택한 것을 상대방이 무조건 좋아해줄 리 없으리라는 것은 나도 안다. 하지만 그만큼 나 자신의 경험과 온몸의 감각을 믿고 자신 있는 것만 권하겠다는 의지의 표현이다.

혼자 온 손님이다. 견고한 말투에 주관이 뚜렷한 타입으로 보인다. 게다가 겨울비가 내린다. 직관적으로 빠르게 내린 판단은 '랍상소우총(lapsang souchong, 정산소종)'이다.

랍상소우총은 뒷마당 모닥불에서 피어난 하얀 연기와 나무 타는 냄새가 낮게 깔리고 타다탁 장작 타는 소리가 파편과 함께 튀어 오

비오는 날엔 역시 랍상소우총이다.
독특한 문양을 하고 있는 러시아의 대표적인
로모노소프 찻잔 세트이다.

돈도 못 버는데 찻집이나 할까?

르는 풍경이 떠오르는 차다. 아마도 차에 깊게 베어 있는 훈연 향 때문일 것이다. 그 특유의 향 때문에 호불호가 갈리기도 하지만, 유럽인들이 차를 마시기 시작한 것도 바로 그 특유의 향 때문이었다.

유럽에 처음으로 소개된 홍차가 랍상소우총, 즉 정산소종인데 중국의 푸젠성 무이산에서 기른 찻잎에 솔잎을 태운 연기를 쐬어 만드는 차이다. 유럽인들은 순식간에 랍상소우총의 맛에 흠뻑 빠져버렸다. 늘어가는 수요를 감당할 수 없게 되자 랍상소우총의 가격은 하늘 높은 줄 모르고 올라갔다. 늘어난 수요를 맞추기 위해 무이산 인근 지역에서도 훈연 차를 만들기 시작했다고 한다.

랍상소우총을 우린다. 푸젠성 무이산에서 생산된 오리지널 찻잎이니 믿을 만하다. 차통을 열자 훈연향이 모닥불 연기처럼 주변으로 퍼져간다. 물의 온도는 95℃, 훈연 향이 강하기 때문에 찻잎은 보통 때보다 약간 적게 2.5g을 넣었다. 묵직한 바디만큼이나 강한 인상을 줄 것이다.

바깥을 보니 비가 진눈깨비로 바뀌고 있다.

"좋네요. Black tea 종류인가요?" 차를 내니 손님이 묻는다.

"우린 홍차라고 합니다. 영어로는 Black tea 맞아요."

어릴 때 들었던 홍차의 기원은 유럽 상인들이 중국에서 녹차를 싣고 가다가 그만 검게 변색이 되었는데, 이렇게 검게 변

Imperial Lomonosov Forget me not, Petersburg Russia

한 녹차를 '블랙티'라고 이름을 지어 팔았더니 사람들이 좋아해서 블랙티, 즉 홍차가 만들어졌다는 것이었다. 나중에 자료들을 읽어보니 엉터리 기원설이었다. 홍차는 원래 서양에 알려지기 훨씬 전부터 중국 사람들이 살청(殺靑), 위조(萎凋), 유념(揉捻), 발효, 건조의 섬세하고 복잡한 과정을 통해 만들었으며, 이를 붉게 우려서 즐겨 마시던 차였다.

　서 있는 자리가 다르면 보이는 색깔도 다른 법이다. 차를 마시는 자는 홍차(Red Tea)라 부르니 그의 손에 들린 한 잔의 차빛이 붉은 연유요, 장사하는 자는 Black Tea라 부르니 그의 손에 들린 상품 자루의 홍차 잎이 검게 보였기 때문일 것이다.

돈도 못 버는데 찻집이나 할까?

유럽 상인들이 홍차의 이름을 Black Tea라고 지은 까닭이다.

손님이 차를 맛보다 뭔가 생각났다는 듯 휴대전화를 들춰본다.

"맞아. 여기가 내가 가보고 싶은 곳 리스트에 표시했던 곳 중의 하나였어요. 우연히 들렀는데 이곳인 줄은 몰랐네요."

신기하다는 듯이 말했다.

"호호. 그럼 두 번 오신 셈이네요. SNS로 한 번, 우연히 한 번."

그렇다. '선택'이라는 것은 미리 정해 놓고 밀어붙이기도 하지만, 우연히 완성되기도 한다.

나는 어떠한가? 스무 살 무렵, 패션 디자인을 공부하면서 부티크와 카페를 결합하면 멋질 것이라고 생각했다. 잠시 스치듯 지나가는 생각이었다. 그런데 나이 오십이 넘어 이곳 캐나다에서 Jassy boutique & tea room을 열었다. 그렇다면 나의 선택은 예정된 것이었을까? '먹고사니즘'과 우연히 만난 것일까?

찻잎에 상처를 낸 철관음, 우롱차

캐나다 출신의 미남 배우 키아누 리브스(Keanu Reeves)와 옆모습이 닮아서 잠깐 정신을 딴 데 두었을까? 그의 입에서 나온 'Blue Tea'라는 말에 당연히 그가 요즘 우리 찻집의 베스트셀러인 신비한 파란색 차 '스머프 차이 라테'를 주문한다고 생각했다.

차라면 홍차밖에 모르는 캐나다 사람들을 계몽하기 위해 T-Square에서 만든 파란색 버터플라이 피(Butterfly pea, 나비완두콩) 꽃차로 만든 것이 스머프 차이 라테다. 유기농으로 재배된 '버터플라이 피'에 유명한 애니메이션 '스머프'에서 따온

돈도 못 버는데 찻집이나 할까?

홍차밖에 모르는 캐나다 사람들을 위해 만든 파란색 버터플라이 피(Butterfly pea, 나비 완두콩) 꽃차.

이름에 걸맞는 파란색에다 맛도 훌륭해서 이 차를 처음 접하는 캐나다 사람들에게도 인기가 있다. 간혹 이 차의 이름을 기억하지 못한 손님들이 '파란 거 그거 뭐였더라?'라는 식으로 주문하곤 한다.

잘 우려낸 파란색의 차에 비단 같이 뽑은 스팀 우유로 조심조심 귀여운 토끼나 곰돌이 모양을 낸다. 하얀 우유 거품 위에 나무 막대로 스머프처럼 파란 찻물을 잉크처럼 찍어 동그란 눈을 그려 넣고 히비스커스 붉은 차로 볼터치를 하면 완성이다.

파란색 버터플라이 피 꽃차로
만든 '스머프 차이 라테'.

차를 테이블에 조심스럽게 놓는데 '키아누 리브스'가 토끼 눈을 뜨고 나를 쳐다본다. 뭔가 잘못되었다.

"Blue tea를 시켰는데요."

아뿔싸. 스머프의 'Blue'가 아니었다. Blue tea, 즉 우롱차를 시킨 것이다. 'Blue tea'는 늘 이런 식이야. 까다롭게 굴어.'

서둘러서 녹차와 홍차의 중간 지점에 있는 반 발효차인 Blue tea를 우린다. 마침 최고의 Blue tea라 불리는 '철관음'이 한 통 있다.

Blue tea는 다른 차들에 비해 묘한 데가 있다. 종류도 많고 범위도 넓다. 녹차는 찻잎을 발효시키지 않으면 되고 홍차는 찻잎을 발효시키면 되지만, Blue tea, 즉 우롱차는 발효시키다가 어딘가에서 멈춰야 한다. 발효를 멈추는 지점에 따라 절묘하게도 수많은 Blue tea들이 생겨났다. 빅토리아 여왕이 이름 붙였다는 '동방 미인'이나 이름도 무서운 '대홍포'를 비롯해 대만의 수많은 우롱차 브랜드들은 그렇게 만들어진 것이다. 발효 정도도 20에서 60까지 다 달라서 어떤 건 화이트 티(White tea)에 가깝고 어떤 건 홍차(Black tea) 같기도 하다.

그런 Blue tea 중에서도 철관음은 더 까다로운 과정을 거친다. 주청과 홍배, 위조, 살청, 포유 등 만드는 과정도 서너 배복잡하거니와 그 특유의 동그랗게 말린 모양을 만들려면 적어도 열다섯 번 이상 찻잎을 말았다 폈다를 반복해야 한다고 한

돈도 못 버는데 찻잎이나 팔까?

철관음을 천하 10대 명차로 만든 것은 상처로 인해 만들어진 향기이다.

다. 이 모든 집요함은 철관음 찻잎에 상처를 내기 위한 것이다. 상처를 내고 멍들고 시든 부분을 떼어내고 다시 상처를 내기를 수없이 반복하면 역설적이게도 달콤한 향이 나기 시작한다. 진한 과일 향이라고도 하고 달콤한 꽃향기라고도 하는 우아한 향기의 비밀은 상처인 것이다. 결국 상처로 인해 만들어진 향기가 철관음을 천하 10대 명차로 만든 셈이 된다.

견고하게 밀봉해 놓은 알루미늄 포장을 뜯으니 푸첸성 안시현에서 머나먼 캐나다 동부까지 오는 긴 여정을 참고 견딘 꽃

향기가 진하게 터져 나온다. 100℃의 뜨거운 물과 찻잎을 45알, 1.5g을 준비한다. 동그랗게 말린 찻잎을 다시 펴기 위해 30초 동안의 짧은 세차를 마치면, 이를 250cc의 유리 티포트에 넣는다.

향을 지키려면 한국식으로 개완배에 우리고 문향배에 따르면 좋겠으나 여기는 캐나다다. 동양의 차 문화를 현지 스타일로 '번역'하는 것을 스스로에게 사명으로 부여한 나는 서양식 투명 유리 티포트와 더블 월 유리잔을 사용한다. 정확한 타이밍으로 향을 지켜내야 한다. 키아누 리브스가 이제 철관음을 잔에 따른다. 오랜만에 긴장한다. 블루티를 찾을 만큼 차를 아는 손님이라 긴장한 것이지 그의 옆모습 때문은 아니다.

홍차에만 익숙한 대다수 캐나다 사람들은 홍차 나무, 녹차 나무가 따로 있다고 생각한다. 카멜리아 시넨시스(Camellia sinensis)라는 하나의 차나무에서 홍차도 나오고 녹차도 나오고 백차도 나오고 우롱차도 나온다고 하면 깜짝 놀란다. 그렇게 차에 대한 이야기를 나눈 다음에 다시 찾아오는 손님들 덕에 늘 공부할 의욕이 생긴다.

"향이 참 좋네요. 단맛도 나고."

"차 이름이 철관음(Ti Kuan Yin)인데 특이하지요?"

한 농부가 세상에서 제일 좋은 차를 만들게 해 달라고 간절히 빌었는데 꿈에 관세음보살이 나타났단다. 다음 날 농부가 관세음보살이 꿈속에서 알려준 곳으로 가보니 과연 절벽 바위 틈에 차나무가 한 그루 있었다. 그 차나무를 가져다 깨진 가마 솥에 심으니 진귀한 차가 되었다. 소문을 듣고 마을 훈장이 차 맛을 보러 왔다가 감동하여 이름을 지었으니 '철관음(鐵觀音)', 즉 가마솥에 관세음보살의 영험으로 기른 차라는 뜻이었다.

찻집을 열어서 좋은 점이 있다. 관세음보살이 점지한 귀한 차를 매일 마시는 것이다. 이는 옛날 왕들도 누리지 못했던 호 사가 아닌가!

철관음 마시는 손님의 모습을 힐끗 쳐다보는데 그만 눈이 마주치고 말았다. 그가 눈웃음을 웃는다. 관세음보살! 찻집을 열어서 좋은 점 또 하나는 가끔 이렇게 '키아누 리브스'들을 볼 수 있다는 것이다.

히비스커스 레모네이드와
오로라 레모네이드

또 속았다. 캐나다의 봄바람은 살랑살랑 사람의 마음을 흔들어 놓고는 늘 이렇게 뒤통수를 친다. 분명 산들산들 봄바람이었다. 이파리 개수를 세 가며 겨우내 애지중지하던 명자나무 화분을 퇴근하면서 가게 앞 테라스에 내놓았다. 열두 장 이파리가 신선한 봄바람에 파르르 몸을 떨었다.

아침에 나갔더니 아뿔싸, 밤새 눈이 하얗게 쌓였다. 급히 안으로 들여 놓았지만, 명자 이파리 중 몇 개는 끝내 떨어지고 말았다. 깻잎 모종을 서둘러 심었다가 때아닌 폭설에 얼어 죽게 만든 게 몇 해나 이어졌으면 이제 캐나다의 철 바뀜을 알

돈도 못 버는데 찻집이나 할까?

때도 되었건만, 봄바람이 싱그러워 미련하게 또 속았다.

그러더니 오늘은 또 봄 날씨다. 몬트리올에서 두 달 전에 이사 오셨다는 멋쟁이 할아버지가 시원한 차 한 잔을 청하신다. 대도시 콘크리트 정글을 벗어나 아늑한 멍크턴으로 왔더니 찻집마저 딱 마음에 드는 곳을 발견했다고 덕담을 하신다. 의욕이 샘솟았다.

투명하고 날씬한 유리잔에 맑은 얼음을 채우고 레몬즙을 짜서 삼 분의 일쯤 따른다. 탄산수를 그만큼 더하고 마지막에 히비스커스 차를 우려 얼음 위에 살살 뿌리면 얼음 사이로 붉은 꽃물이 흘러내려 건강하고 섹시하고 시원하고 기분 좋은 차가 만들어진다. '히비스커스 레모네이드'다.

건강하고 섹시하고 시원하고 기분 좋은
히비스커스 레모네이드.

히비스커스는 요즘 내가 약으로 사용하는 차다. 차를 공부하다 보면 한번쯤은 의심을 하게 된다. 차에 포함되어 있다는 어려운 이름을 가진 성분들의 나열, 그리고 그 성분들이 우리 몸에 좋은 영

향을 끼친다는 증상이나 부위도 너무 많아서 그야말로 '만병통치약'과 같은 칭송을 하고 있기 때문이다. 언제인가부터 차를 팔고 있는 나마저도 의심이 들기 시작했다. 실제 효험이 있는지 확인이 필요했다.

다행히도 나에게는 딱 맞는 '실험체'가 있었다. 고혈압, 고지혈증의 합병증인 통풍까지 껴안고 사는 남편이다. 살살 구슬러서 매일 히비스커스를 한 포트씩 마시게 했다. 처음엔 날마다 입술이 빨갛게 되도록 뜨거운 차를 한 포트씩 마시는 일이 괴롭다며 도망을 다니더니 때마다 공포스럽게 찾아오던 통풍 발작이 멎으니 이젠 나보다 히비스커스의 효능을 더 믿는 눈치다.

서너 달에 한 번씩 통풍이 오면, 남편은 걷지도 못할 정도의 극심한 통증에 시달리며 일주일씩 누워 있어야 했다. 히비스커스를 마시기 시작한 지 벌써 일 년이 훨씬 지났는데, 아직까지 한 번도 통풍이 재발되지 않았다. 남편의 사례를 일반화하기는 어렵겠지만, 아마 항염증, 항산화에 대해서는 확실히 효과가 있는 듯하다. 게다가 혈압도 많이 떨어졌다. 다만 버럭하는 횟수는 크게 줄지 않았다. 화를 다스리는 효과는 없는 것으로 보인다.

늘 똑같은 메뉴가 지겹겠다 싶어 이런저런 방식으로 메뉴를 개발했다. 시원하게 마시는 히비스커스 레모네이드는 그렇게 개발한 메뉴 중의 하나인데 맛도 좋다고 해서 몬트리올 할아버지께 내어 본 것이다.

상큼한 레몬이 듬뿍 든 붉은 꽃잎 차, 히비스커스 레모네이드를 할아버지가 몇 모금 드시더니 시원하다고 좋아하신다. 몇 칸 건너 테이블에 아까부터 혼자 오신 할머니 손님이 할아버지가 주문하는 걸 힐끔힐끔 곁눈질로 보고 계셨나. 그녀가 히비스커스 차의 빛깔이 참 곱다며 참견을 하신다. 그러고는 또 어떤 색깔의 차가 있느냐고 물어보신다. 색깔 배틀을 할 참인가 보다.

신비하고 시원하고 기분 좋은 오로라 레모네이드.

투명하고 날씬한 유리잔에 맑은 얼음을 채우고 레몬즙을 내 조금씩 따른다. 탄산수를 더하고 마지막에 나비 완두콩(Butterfly pea) 꽃차를 우려 얼음 위에 살살 뿌리면 얼음 사이로 파란 꽃물이 흘러내려 신비하고 시원하고 기분 좋은 차가 만들어진다. '오로라 레모네이드'다.

나비 완두콩 꽃이라고도 부르는 '버터플라이 피 꽃(Butterfly pea flower)'은 버마, 태국, 베트

'버터플라이 피 꽃(Butterfly pea flower)'을 우리면 선명한 파란색이다. 여기에 레몬을 넣으면
레몬의 양에 따라 보라색이나 분홍색으로 바뀌는 신기한 색깔의 향연을 보여준다.

남, 말레이시아에서 자라는 꽃이다. 예로부터 마음을 진정시
키고 스트레스를 줄이며 기억력을 좋게 하는 약초로 여겼다.

이 꽃을 우리면 선명한 파란색이 되는데 레몬을 함께 넣으
면 레몬의 양에 따라 보라색이나 분홍색으로 바뀌는 신기한 색
깔의 향연을 보여준다. 레몬즙을 조금씩 흘려 넣으며 색깔이
변하는 걸 보고 있으면 조로아스터의 추종자들이 불꽃을 바라
보며 마음을 닦듯이 찻잔을 보고 마음을 내려놓을 수 있다.

할머니가 오로라 레모네이드 푸른 찻잔을 들고 할아버지를 향

돈도 못 버는데 찻집이나 할까?

히비스커스 레모네이드와 오로라 레모네이드의
'색깔 배틀'.

해 미소 짓는다. 묘한 자긍심이 깃든 하얀 손목을 우아하게 들어 올린다. 할머니의 파란 찻잔을 향해 할아버지도 화답하듯 히비스커스 붉은 찻잔을 들어 보였다. 빨강 색의 찻잔과 파랑 색의 찻잔 사이로 봄바람이 살랑살랑 불어오는 느낌이다. 내가 일부러 의도했던 상황은 아니었다. 꽃차들이 스스로 한 일일 뿐이다. 아직 두 분의 뒷이야기는 알지 못한다.

오늘은 명자나무 화분을 테라스에 다시 내놓아도 좋을 것 같다.

화요일의 여자

문이 열리고 또 그녀가 왔다.

'아, 벌써 오늘이 화요일?'

시계를 보니 어김없이 오후 두 시다. 반 년 가까이 어김없이 화요일에 찾아오는 이 손님을 우리는 '화요일의 여자'라고 불렀다. 늘 화요일에 오기도 하거니와 어쩐지 습기 먹은 종이 같은 화요일의 느낌을 주기 때문이다. 그녀는 여느 때처럼 큰 앤틱 거울 앞 6인용 실크 소파에 홀로 앉았다.

"Walking Under Sunshine으로 할게요."

그녀가 수줍게 주문을 한다.

돈도 못 버는데 찻집이나 할까?

　　Walking Under Sunshine은 우리 찻집의 애프터눈 티 세트 메뉴 중 하나로 차에 스콘과 클로티드 크림, 과일 잼을 곁들일 수 있는 메뉴다. 애프터눈 티 세트를 주문하는 손님은 나의 컬렉션을 진열해 놓은 찻장에서 찻잔을 선택할 수 있는 권리가 주어진다. 많은 손님들이 찻잔을 고르는 이 순간을 너무 좋아한다.

　　서로 미모를 뽐내고 간택을 기다리고 있는 찻잔들 앞에서 그녀가 고민에 빠졌다. 그녀는 꾸준히 찾아주는 고마운 손님이지

애프터눈 티 세트를 주문하면 컬렉션을 진열해 놓은 찻장에서 찻잔을 선택할 수 있다.

돈도 못 버는데 찻집이나 할까?

만, 매번 혼자 와서 6인 테이블을 차지하고 한 두 시간씩 우두커니 앉았다가 가기 때문에 조금 불편하기도 했다. 그나마 제일 붐비는 시간은 피해서 오는 것은 다행이라고 할까?

그녀가 선택한 앤슬리 코르셋 쉐입의
버건디 찻잔이다.

"버건디 찻잔, 오늘은 여기다 차를 마시고 싶어요."

어느새 그녀는 앤슬리 코르셋 쉐입 티컵을 내 눈앞에 치켜들고 있다. 그러고 보니 그녀가 입고 있는 바지 색이 버건디 컬러다 립스틱 컬러도, 마스크 색까지 버건디. 차 마시러 와서 찻잔 색깔까지 맞추는 것이 조금은 유난스럽게 느껴졌다.

그녀가 이 찻잔장에 있는 모든 찻잔으로 차를 마셔보고 싶다고 말을 건넨다. 눈을 찡긋거리며 다음 주엔 저 찻잔으로 차를 마실 거라고 콜포트 찻잔을 미리 정해 둔다. '찻장에 전시된 찻잔이 모두 108개니까 모두 마셔보려면 한참 걸리겠군. 그런데 왜 이렇게 우리 찻집에 열심인 것일까?' 하고 생각했다.

그녀가 미리 골라둔
콜포트(Coalport England)에서 만든
카이로 패턴의 본차이나 찻잔이다.

"우리 집은 여기와는 달라요."

애프터눈 티 세트를 준비하고 있는 제시.

돈도 못 버는데 찻잔이나 할까?

손님이 불쑥 묻지도 않은 대답을 한다. 마뜩지 않아 하는 내 생각을 들킨 것 같아 뜨끔했다.

"네?"

"남편이 소리를 질러서 하루도 조용할 날이 없거든요."

평소에는 좀처럼 말을 걸지 않는 손님의 갑작스러운 자기고백에 적잖이 놀랐다.

"여기 오면 평온해져요."

오해 했던 것에 대해 미안한 마음이 들었다. 그랬다. 그녀는 자신만의 평온함을 찾아서 우리 찻집에 왔던 것이다. 어쩌면 일주일에 한 번 버건디 립스틱으로 입술을 바르고 정성껏 자신을 꾸민 다음 그럴듯한 핑계를 만들어서 '숨 쉴 수 있는 공간'을 찾아오는 것일 수도 있다.

음악을 키스 자렛(Keith Jarrett)으로 얼른 바꾸었다. 언젠가 지쳤던 나를 어루만져 반복하여 일으켰던 <Hymn of Remembrance>라는 곡을 그녀에게도 들려주고 싶었다. 그녀가 우두커니 찻잔을 들고 있는 동안 잔잔한 파이프 오르간 소리기 퍼져간다.

꾸밈없고 소박한 선율이 흘러가서 그녀를 어루만지듯 감싼다. 그리고 다음에는 경건한 기도가 된다. '부디 그녀가 이곳에서 평온하게 쉴 수 있기를. 그녀의 가정에 평화가 깃들기를!'

어쩌다 찻집을 열고 나니 나도 예상하지 못한 반응에 놀랄

때가 있다. 손님들이 내가 모르는 우리 찻집의 가치를 찾아서 내게 알려주기 때문이다. 그럴 때 이곳은 내가 만든 곳이 아닌 것 같다. 어떤 이에게 우리 찻집은 사랑을 고백하고 서약한 기념비적인 곳이다. 어떤 이는 우리 찻집 한 켠에 아버지의 유품을 모셔 두고 있으며, 어떤 이에게는 사진을 찍기 위한 장소이기도 하다.

바닷가 근처 해산물 가공 공장에서 일하는 여자분은 필리핀 출신인데 우리 찻집에 사진을 찍으러 온다. 그녀는 가끔 쉬는 날에 와서 차 한잔을 시킨 다음 '셀카'를 수십 장이나 찍는다. 그래서 한번은 내가 이유를 물었다.

"부모님한테 사진을 보내려고요. 캐나다에서 이렇게 잘 지내고 있으니 걱정하지 않으셔도 된다고 알려드리는 거죠."라고 대답한다.

아무튼 화요일 두 시, 우리 찻집은 '거룩한 예배당'이다.

PART 04

멍크턴 잔디 위에서
웃고 울며 살아요

마약 딜러와 맞짱

"엄마처럼 '깡'이 센 여자는 첨 봤어요." 아들이 와인을 홀짝
이며 말했다.

'우아한 여자'도 있고 '현명한 여자'도 있고 하다못해 '깡마
른 여자'도 있을 터인데, 하필 '깡이 센' 여자라니 조금은 억울
한 생각이 든다. 한편으로는 아들이 나에게 여자 운운하는 이
야기를 할 만큼 훌쩍 자라 같이 와인을 마시는 사이가 된 것도
묘한 기분이지만, 제 엄마를 떠올리는 이미지가 '깡'이라니 우
습기도 하다.

그렇게 생각하는 이유가 있기는 하겠다. 캐나다에 오고 처

'우아한 여자'도 있고 '현명한 여자'도 있는데,
하필 '깡이 센' 여자라니 조금은 억울한 생각이 든다.

———

음 샀던 건물에 악명 높은 마약 딜러가 세 들어 살고 있었는데
계약이 진행중일 때는 당연히 전 주인이 그 사실을 말해 주지
않았다. 그것이 시세보다 가격이 쌌던 이유였다는 걸 나중에
알았을 땐 모든 절차가 끝나 있었다.

벌건 대낮 주택가에 마약상이라니. 정부에서 이 사실을 안다
면 가만히 두고 볼 이유가 없다. 경찰에 신고만 하면 이 '악당'
들은 부리나케 꽁무니를 감출 것이라고 생각했다. 과연 생각처
럼 빠르게 경찰들이 왔다. 친절했다. 그들은 왜 자신들이 아무
것도 할 수 없는가에 대해서 너무나 친절하게 설명을 했다.

돈도 못 버는데 첫집이나 할까?

경찰은 다른 곳을 찾아가보라고 알려줬다. 악성세입자 내보내는다는 전담 공무원 '렌탈스맨'을 찾았다. 긴 줄을 한 시간 넘게 기다려 유리 창구에 다다르니 렌탈스맨이 필요한 절차와 서류의 목록을 건넸다. 이민 서류처럼 길고 복잡했다.

'이래서 전 주인이 계약을 서둘렀구나. 순진하게 생긴 동양 여자가 나타나니 옳다구나 만세를 불렀겠네.'

그 건물은 네 가구가 살 수 있는 네 개의 독립된 호실이 있는데 두 개의 호실은 비어 있었고 두 개의 호실에만 세입자가 살고 있었다. 그 중 한 곳이 마약을 파는 세입자의 집이고 다른 한 곳은 그 악당으로부터 마약을 사는 가족이 살고 있었는데 이들도 이사를 나갈 예정이었다. 악성 세입자 한 명이 들어오면 다른 세입자들이 다 나가고 건물 전체가 비게 된다는 전형적인 상황이 이곳에서도 펼쳐지고 있었다.

당시 남편과 나는 영주권이 나오기를 기다리고 있었다. 아이들 학교 문제 때문에 서둘러서 캐나다에 들어오느라 영주권을 받지 못한 상태였기 때문에 아직 합법적으로는 일을 할 수가 없었다. 다만 부동산을 구입해서 세를 놓는 것은 합법적으로 할 수 있는 일이었다. 건물을 매입한 것은 우리에게 투자가 아니라 생존의 문제였다. 영주권이 나오려면 2년이 걸릴지 3년이 걸릴지 모르는 상황에서 우리 가족은 어떻게든 버텨야 했기 때문이다.

새로 세입자를 들이기 위해 건물을 수리하려면 마약 딜러를 어떻게든 쫓아내야 했다. 몇 번을 찾아가서 나가 달라고 부탁을 하고 엄포를 놓기도 했지만, 모두 소용이 없었다. 급기야 그는 온갖 핑계를 대면서 나를 피하기 시작했다. 도저히 만날 수가 없었다. 낯선 사람들만 거실에 가득했다. 창문 너머로 우리를 쳐다보는 눈빛이 너무 이상해서 오금이 저렸다. 도망치고 싶었다. 하지만 나도 너무나 절박했다. 무슨 수를 내야겠다고 생각했다.

다음 날 아침 일찍부터 나는 빨간 고무장갑을 끼고 앞치마를 둘렀다. 수세미까지 챙겨 들고는 그 악당이 살고 있는 건물로 갔다. 그리고 무작정 앉아서 현관을 벅벅 닦기 시작했다. 건물 유리창 안쪽에 앉아 있던 사람들이 무슨 일인가 하고 쳐다봤지만, 나는 눈을 질끈 감고 그저 현관 바닥을 박박 닦았다.

그다음 날에도 그곳에서 바닥을 닦았다. 현관을 닦고 유리창을 닦고 벽도 닦았다. 현관 앞이 분주해지자 때때로 마약을 파는 세입자가 창문 안쪽에서 바깥을 살펴보는 것 같았다. 마약을 사러 온 것처럼 보이는 몇몇 사람들이 건물 앞을 서성였지만, 나는 비켜주지 않았다. 내가 수세미질을 멈추지 않자 건물 바깥에서 기다리던 사람들이 발길을 돌렸다.

다음 날도 또 다음 날도 박박 수세미질을 이어갔다. 누군가와 통화를 하던 마약상이 창문 밖으로 고개를 내밀어서 나에게 악다구니를 했다. 대꾸도 없이 나는 그저 수세미질만 했다.

그렇게 수세미를 들고 현관문을 지키기 시작한 지 일주일이 지나자 이상한 분위기를 느낀 '손님'들의 발길이 끊어졌다.

어느 날 아침 수세미를 들고 건물에 도착해보니 현관문이 활짝 열려 있고 온갖 잡동사니와 쓰레기들이 잔뜩 흐트러져 있었다. 더 이상 약을 팔 수 없었던 마약상이 야반도주를 한 것이다. 남편이 잡동사니와 쓰레기를 건물 앞마당에 옮겨 쌓기 시작하자 지나가던 동네 사람이 말했다.

"당신들이 이 거리를 구한 거에요. 킹스트리트를 다시 찾아 줘서 고마워요."

옮겨 놓은 폐가구들과 쓰레기들이 산더미처럼 쌓여 있는 모습을 구경하기 위해 동네주민들이 하나 둘씩 모이기 시작했다. 급기야 누군가 손뼉을 치자 다른 사람들도 따라서 박수를 쳤다. 갑자기 뜨거운 눈물이 앞치마를 타고 흘러내렸다.

우리는 훗날 이 사건을 '수세미 대첩'이라고 명명하였다. 나는 킹스트리트의 마약왕과 수세미로 맞짱 뜬 '깡의 전사'가 되었다. 아마도 아들이 말하는 것은 그때의 나였을 것이다.

아들이 건배한다. 조금 위험하더라도 도전하는 삶이 가치가 있다고 아들에게 대답했다.

"'머무는 자'와 다시 '돌아오는 자'가 있다면 나는 돌아오는 사람 쪽이야. 늘 떠나야 하지. 다시 돌아오기 위해서. 한 번 사는 인생이 더 풍부해질 테니까. 캐나다도 그렇게 왔나 봐."

옆에서 이미 볼이 빨갛게 와인 색깔이 되어버린 딸 소희가 휴대폰으로 연신 사진을 찍다가 묻는다.

"엄마는 캐나다가 한국과 무엇이 다르다고 생각해요?"

딸이 와인을 한 병 더 딴다. 새로 만든 와인 맛이 좋다. 네 식구 술값을 감당할 수 없어 코스트코에서 와인 키트를 사다가 직접 만들곤 했는데 이번에는 새로 소개받은 와이너리에서 다른 포도 품종을 받아와 50병을 만들었다. 이런 식으로 마셔대면 3월이 되기 전에 동이 날 것이다.

캐나다에 와서 확연히 다르다고 몸으로 느낀 것은 '시선'에 대한 것이었다. 한국에서는 일부, 혹은 다수의 한국 남자들이 빛의 속도로 여자의 몸을 훑는 것은 일상사였다. 심지어 말쑥한 신사도 예외가 아니었으니 불쾌한 감정은 그저 하루 분량의 감정 중 익숙한 일부였다.

캐나다 남자들의 무심하고 평화롭고 게으른 시선을 마주했을 때 조금 혼란스러웠다. 예의 바른 남자를 만난 운 좋은 하루라고 생각했지만, 카페를 열고 손님으로 온 멍크턴 남자들을 보니 확실해졌다. 모두 그런 것이었다.

한국이 대단하다고 칭찬하는 캐나다 사람들이 늘어나고 문화 강국으로 급부상하고 있다지만 여자를 훑는 시선만 놓고 보면 아직 갈 길이 참 멀다고 생각한다. 뇌에서 눈까지의 거리는 고작 10cm 남짓이지만 머릿속에 있는 '고결한' 생각이 뇌 신경의 복잡한 회로를 통과하고, 안구를 통제하는 안면 근육까지 온전히 고상하게 내려오려면 생각보다 긴 시간이 걸리는 사회적 학습의 과정이 필요한 것인지도 모르겠다. 오늘도 딸아이 소희는 SNS에 올린 얼굴 사진을 스스럼없이 평가하고 공유하는 '한국 오빠'들 때문에 상처를 받았다.

"캐나다에서는 내가 여자라는 이름의 틀에서 조금은 자유로워진 것 같아."

내 이름으로 사업을 하고 있고 쉽지 않은 거래도 여러 번 해 보았다. 정부 기관이나 은행을 상대할 때 여자라서 몸 사려야 하는 일 같은 것은 없었다. 그 이유가 단지 여성에 대한 시선이 관대한 캐나다이기 때문만은 아닐 것이다. '떠나는 자'를 선택한 순간, 스스로 다른 몸이 되었기 때문일 것이다. 나의 시선도 타인의 시선도 다 달라졌다. 세상 물정 모르던 우아하고 깡마른 여자는 깡이 센 여자로 바뀌어 있었다.

다음 날 아침, 가게 창밖을 보니 프래이징 레인(freezing rain)이 내리고 있었다. 폭설보다 위험하다는 진눈깨비가 내리면 찻집은 공치는 날이다. 바닥이 미끄러우니 사람들이 바깥에 나오지 않기 때문이다.

어제 아이들과 거나하게 달린 탓인지 속이 쓰리다. 어젯밤 술자리에 끼지 않고 숙면을 취한 남편이 해맑은 얼굴을 하고

해장에 좋은 차는 아주 많은데, 오늘은 'Nourish of soul'이다.

—

에스프레소를 건넨다. 쓰린 속에 에스프레소가 들어가면 커피의 날카로운 입자들이 위벽을 후벼 팔 것이다. 이럴 때마다 남편에게는 지성을 담당하는 뇌와 사려 깊음을 담당하는 심장을 연결하는 어떤 기관의 '회로'에 문제가 있지 않나 하는 생각이 든다.

돈도 못 버는데 찻잔이나 할까?

차를 고른다. 해장에 좋은 차는 많다.

따뜻한 차 한 주전자면 이 아침 힐링으로 충분할 것이다. 오늘은 'Nourish of soul'이 좋겠다. 일본 센차에 말린 오렌지와 생강을 넣어 만든 차다. 향긋한 오렌지와 매운 생강의 향이 절묘하게 어우러진 탁월한 블랜딩이다.

센차는 일본 차 생산량의 80퍼센트를 차지할 만큼 중요한 차로 햇볕을 마음껏 받은 푸른 찻잎을 증기로 찌고 비벼서 바늘 모양으로 말린다. 찌고 비비는 과정을 여러 번 반복하면 아미노산의 일종인 테아닌이 풍부해지고 깨끗한 맛이 만들어지는데 몸에 좋은 성분을 지키려면 60~70℃의 낮은 온도의 물로 우려야 한다.

Nourish of Soul, '영혼을 키운다'라는 차 이름이 꽤 그럴듯하다. 한 모금의 차가 내 쓰린 속을 타고 내려가자 위벽의 세포들이 생생하게 반응한다. 따뜻한 차 한 잔이 숙취를 씻어내린다. '이럴 때 위벽의 감각은 참으로 예민하구나. 아, 살 것 같다.'

108개의 찻잔과
부드러운 엉클 그레이

"차 마실래요? 커피 마실래요?"

아침에 티룸 문을 열고 손님 맞을 준비를 마친 짧은 여유의 시간에 남편이 묻는다. '짜장면이냐? 짬뽕이냐?'처럼 고민되는 순간이다.

"잔 먼저 고르고요."

Jassy boutique & tea room에 108개의 찻잔이 전시된 캐비닛을 마주보고 서 본다. 푸른 바탕에 장미가 한 아름 새겨진 우아한 잔이 말을 걸어온다. 1930년대에 만들어진 잉글랜드 파라곤 코발트 길트 로즈다. '너라면 당연히 커피가 아니

라 홍차지.'

이민을 온 지 얼마 지나지 않았을 때, 우연히 가본 동네 벼룩시장에서 찻잔 하나를 사 왔다. 할머니가 찻잔을 신문지에 싸 주시며 당신의 어머니가 쓰시던 찻잔이라고 하셨다. 그 말씀을 듣고 20달러를 내려니 미안한 마음이 들었다.

집에 와서 물로 깨끗하게 씻어 놓고 보니 근사했다. '할머니가 80살은 되어 보이시던데, 그 할머니의 어머니가 쓰

Paragon Cobalt Gilt Rose │
ENGLAND │ 1930년대

이 찻잔의 주인이었던 할머니의 설명에 따르면, 이 찻잔은 1930년대에 만들어졌다. 당신의 어머니께서 가장 아끼며 사용했던 찻잔이었다고 한다. 그렇게 찻잔과 함께 할머니의 기억, 그리고 소중한 추억까지도 '나의 것'이 되었다. 그런 의미에서 티타임은 차 한 잔과 함께 찻잔의 기억을 상상하며 떠나는 과거로의 여행이다.

시던 찻잔이면 얼마나 오래된 걸까?'라는 생각이 들었다.

찻잔 밑에 스탬프로 찍은 마크가 남아 있었다. 인터넷에 혹시 정보가 있을까 싶어 검색해 보았다. 깜짝 놀랐다. 하마터면 찻잔을 놓쳐서 떨어뜨릴 뻔했다. 무려 900달러짜리 찻잔이었다. 분명히 'Etsy'라는 앤틱 전문 웹사이트에서 똑같이 생긴 찻잔이 그 가격에 판매되고 있었다. 내 입장에서는 신세계가 열리는 것 같았다.

2012년 캐나다 동부에는 유행에서 멀어져 버림받은 꽃무

늬 찻잔들이 선반에서 먼지가 쌓인 채 널려 있었다. 어떤 이들에게는 철 지난 '고물'이지만, 나에게는 우아하고 진귀해서 만지는 것도 손 떨리게 아까운 '보물'이었다. 심지어 너무나 유명해서 앤틱에 관심이 있는 사람이라면 누구나 하나쯤 갖고 싶어한다는 1905년 영국산 새들러 큐빅 티팟 세트가 동네 스리프트 숍(Thrift shop, 중고용품 가게) 선반의 구석에서 먼지를 뒤집어쓰고 있었다. 눈이 번쩍 뜨이는 것 같았다.

'얘들아, 너희들이 왜 이런 대접을 받고 있니.'

안타까운 마음에 살포시 뒤집어서 바닥을 살폈다. 9달러!! 눈이 왕방울만큼 커졌다. 지루했던 이민 생활에 한줄기의 서광이 비치는 것 같았다. 먼지 쌓인 선반에서 찻잔과 티팟 등을

1905년 새들러 큐빅 티팟 세트.

'구출'해 올 때면 참다운 가치를 알아보는 자의 자부심과 '횡재한 것' 같은 기분에 즐거움이 샘솟았다.

거대한 세상이었다. 앤틱 찻잔들을 모으는 수집가들은 전 세계에 두루 존재했다. 뉴욕과 도쿄에는 거대한 영국 퀸즈웨어 수집가들의 그룹이 있었고 한국에도 이미 수많은 인터넷 카페, 블로그에서 차와 앤틱 정보를 나누고 소장품을 사고팔고 있었다. 다만, 내가 살고 있는 멍크턴이라는 소도시에서는 아직 그 진가를 모르고 있을 뿐이었다. 비행기를 타고 파리나 런던의 벼룩시장에 '원정'을 가보면, 멍크턴에서 봤던 찻잔의 가격표에 동그라미가 한두 개씩은 더 붙어 있었다.

나는 그렇게 수집한 앤틱 찻잔에다 차를 마시기 시작했다. 찻잔의 수집은 그 찻잔에 어울리는 차를 따를 때 비로소 완성되기 때문이다. 찻잔을 고를 때는 그날 기분에 따라 고르기도 하지만 기능적으로 찻잔과 차의 궁합을 따져야 할 때도 많다.

엉덩이가 풍성한 디자인의 파라곤 찻잔에는 향이 오래 머무는 가향차를 따르는 것이 좋다. 그리고 블랙티를 마실 때는 본차이나보다 두껍게 만들어서 온기를 오랫동안 유지할 수 있는 어슨웨어(Earthenware)인 퀸즈를, 찻빛이 좋은 뱅드로즈에는 꽃무늬 없는 순백의 앤슬리 퓨어 화이트(Aynsley pure white)를 고르는 식이다. 에스프레소 커피가 마시고 싶으면 당연히 앙증맞은 데미타세(DemiTasse) 잔들 중에서 골라야 한다.

조심조심 108 찻잔 장식장에서 파라곤 코발트 길트 로즈를 꺼내니 남편이 대뜸 "홍차 마시게?"라고 묻는다. 찻집 개 3년이면 얼그레이를 끓인다더니!

엉클 그레이를 고른다. '얼그레이의 사촌'이라는 의미의 가향차다. 영국의 그레이 백작(Earl)이 중국에서 비싸게 수입되던 정산소종(lapsang souchong, 랍상소우총)을 대신할 '짝퉁' 훈연차를 만들려고 유럽 오렌지의 한 종류인 베르가못 오일을 입혀서 만든 차가 바로 그의 이름을 딴 유명한 얼그레이(Earl Grey)다. 굳이 족보에도 없는 엉클을 만들어서 얼그레이를 비꼬듯 '엉클 그레이'라고 이름을 지은 연유가 궁금했는데 "잘난 체하는 얼그레이보다 부드러운 사촌 그레이. 실론 블랙티에 베르가못 오일을 입히고 바닐라를 살짝 곁들였습니다."라는 설명서를 읽으니 이해가 된다.

남편이 잔 깨지 않게 조심하라고 잔소리를 한다. 이제는 내가 살고 있는 이곳 멍크턴의 작은 동네에서도 앤틱 찻잔의 진가를 알아버렸다. 벼룩시장에서는 좀처럼 찾아보기도 어려울 뿐만 아니라, 간혹 나오더라도 가격이 국제 시세로 바뀌었다.

'앤슬리 캐비지 로즈 찻잔 찾습니다. 900불 지불하겠습니다.'

이런 광고가 지역 페이스북 마켓에 올라온다. 고로 나의 '횡

재한 것' 같은 기분을 느끼던 시절도 끝나버렸다.

하지만 달리 생각해 보면 이것은 좋은 신호이다. 영국이 홍차에 부과했던 과도한 세금에 항거하는 의미로 당시 영국의 식민지였던 미국 사람들이 영국 국적의 선박을 습격해 차를 바다에 폐기했던 것이 '보스턴 차 사건(Boston Tea Party)'이다. 1773년 보스턴 차 사건 이후, 홍차 대신 커피를 마시기로 결심한 이곳에서 다시 찻잔 값이 올라간다는 건 이 느리고 더딘 사람들에게도 차의 글로벌한 유행이 도래했다는 신호가 아니겠는가?

엉클 그레이가 사촌 형 얼그레이의 허세를 사과하듯이 부드럽게 넘어간다. 목 넘김이 좋다. 맛있다.

돈도 못 버는데 찻집이나 할까?

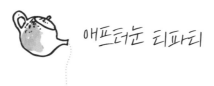 애프터눈 티파티

'한국식으로 만들어본 막걸리가 제법 잘 익었네요. 맛이나 보시라고요.'

한인 사이트에 연말 파티 초대 글이 올라왔다. 이민 온 지 팔 년 만에 무려 막걸리라니. 굉장한 파티가 될 것이라는 생각으로 입맛을 다시는데 띵동! 댓글이 다시 올라온다.

'코로나로 모임 취소합니다.'

올해는 코로나 때문에 되는 일이 없다. 소중한 것은 죄다 평범한 것처럼 위장하고 있다가 뒤통수에 댓글을 날려대고 있다.

띵동! '아드님과의 영화 관람이 취소되었습니다.'

띵동! '따님과의 핼리팩스 쇼핑 여행이 취소되었습니다.'

띵동! '남편님이 지붕 수리를 취소하셨습니다.'

우아하게 반전이 필요하다. 선반에서 찻잔을 하나씩 꺼내 테이블 위에 세팅해본다. 이렇게 저렇게, 더 화려하게, 그리고 막걸리보다 더 달콤하게, 애프터눈 티파티를 하는 거다.

차의 세계, 이 바닥에서 '최고의 세팅'이라 불리는 애프터눈 티파티는 1850년경 영국 사교계의 전설 애나 마리아(Anna Maria)가 시작한 사치스럽고 우아한 티타임이다.

산업 혁명으로 가정에서도 늦게까지 불을 밝힐 수 있게 되자 영국의 저녁 식사 시간도 자연스레 늦어지게 되었다. 애나 마리아는 사슴 사냥을 나갔다가 늦게 돌아오는 남편을 기다리며 우울함과 함께 시장기를 달래려 차를 마시곤 했다. 당시 영국에서는 차를 마치 약처럼 여기던 시절이라 공복에 마시는 것을 피하려 빵과 버터, 비스킷을 곁들였다. 사교계 여왕의 우아한 습관은 유행이 되었다. 그리고 1859년에는 빅토리아 여왕까지 애프터눈 티파티에 참석하자 식사 전 우아한 티타임은 영국의 새로운 사교 공식이 되었다.

애나 마리아처럼 격식 있게 테이블을 꾸며본다. 빅토리아 풍 앤슬리(Ansley)로 기본 세팅을 하고 모던한 소품을 믹스 매칭한다. 똑같은 패턴이 아니어도 좋다. 시간대를 널리 쓰면

표현이 더 풍부해지기 때문이다. 실버 티포트와 스푼, 나이프, 플레이트도 꺼내고, 리모주 화병에 장미를 꽂아본다.

스피커에서 BTS 지민의 새 노래 〈Christmas love〉가 나온다. 저 노래 가사에 눈이 '소복소복' 내리는 걸 번역할 단어가 없어서 전 세계 아미들이 고민이란다. 'falling falling'이라고 번역한 미국 유튜버에 비난이 쏟아지고 있다.

BTS의 음악처럼 애프터눈 티의 유행도 귀족을 넘어 전 세계 보통 사람들에게까지 널리 퍼졌다. 그 이유는 역설적으로 돈이 덜 들기 때문이었다. 만찬보다 훨씬 저렴한 비용으로 최고의 사치를 즐길 수 있었다.

Royal Chelsea, Golden Rose, England.

우리 가게 대표 메뉴 '퀸즈 테이블(Queen's table)이다. 앤슬리(Aynsley) 찻잔 세트와
실버 커트러리로 빅토리아풍으로 꾸며 보았다.

돈도 못 버는데 찻집이나 할까?

100년의 시간을 견딘 보물 같은 찻잔에
차를 따르는 이 순간만큼은
내가 사교계의 여왕이다.

'쁘띠 사치', 아니면 일종의 '소확행' 이랄까! 집은 못 사더라도 마음에 드는 시계 하나쯤은 찰 수 있고, 명품백은 못 들어도 명품 립스틱을 바를 수는 있다. 최고의 차를 100년의 시간을 견딘 '보물' 찻잔에 마시며 꽃잎처럼 수놓은 다과들을 우아하게 집어 든 이 순간만큼은 내가 바로 사교계의 여왕이요, 취향의 전설이다.

장미 무늬에 두꺼운 금테가 둘린 로얄 첼시를 추가로 꺼내온다. 소소한 행복이지만 확실한 임펙트가 필요한 오늘, 이 잔이라면 막걸리를 따르고 싶지는 않을 것이다.

하지만, 뭐니 뭐니 해도 에프터눈 티의 하이라이트는 'Three tire tray', 즉 삼단 트레이다. 겉은 바삭하고 속은 촉촉한 스콘을 굽고 있는 오븐에서 고소한 버터향이 날 즈음 냉장고에서 달콤한 라즈베리무스 케이크를 꺼내고, 그 위에 눈이 온 것처럼 슈가 파우더를 뿌린다. 그리고 한입에 쏙 들어갈 정도로 앙증맞게 조각 낸 과일을 접시에 차곡차곡 올린다. 식빵은 동그랗게 오려서 크림치즈를 듬뿍 바른 다음 훈제 연어를 꽃잎 모양으로 펼친다. 그 위에 딜, 케이퍼로 장식하면 꽃 같

파리 생뚜앙에서 함께 대서양을 건넌 티포트 걸이식 티 스트레이너.

이 예쁜 샌드위치도 완성이다. 여기에 절대 빠질 수 없는 것은 영국식 오이 샌드위치다. 빅토리아 시절에는 가장 사치스러운 샌드위치가 겨울의 오이 샌드위치였다. 당시는 비닐하우스가 없었기 때문일 것이다.

마지막으로 티 스트레이너를 고른다. 티 스트레이너는 티 테이블이 보석같이 빛날 수 있게 대미를 장식할 것이다. 몇 해 전 파리 생뚜앙에서 가슴 졸이며 대서양을 함께 건넌 은으로 만든 티포트 걸이식 스트레이너를 골랐다. 관리도 까다롭고 쓰기 편하지도 않으면서 가격은 아주 비싼 귀하신 몸이다.

돈도 못 버는데 찻집이나 할까?

권위와 격식을 위한 물건의 공통점은 도대체 쓸모를 찾아보기 어렵다는 것이다. 피라미드는 오직 한 사람을 누이기 위해 만 명의 집터를 허물었다. 파텍필립 시계는 만 원짜리 전자식 손목시계만큼의 정확성을 얻기 위해 삼십억 원어치 부품을 쓴다. 수컷 공작의 깃털은 길고 아름답게 진화했지만, 그 깃털 때문에 목숨을 잃기도 한다.

티포트의 주둥이에 티 스트레이너의 은으로 된 철사를 걸어 조심조심 차를 따른다. 여차하면 떨어져서 소중한 찻잔 모서리가 깨지도록 '세심하게' 디자인 되었기 때문이다.

빅토리아 시대로부터 적지 않은 세월이 흘렀으나 애프터눈 티 세트의 화려하고 우아한 분위기는 그대로다. 나를 어서 극진히 대접하고 싶은 마음이 절로 생긴다.

코로나가 모든 것을 집어삼키는 시기에 모두의 반대를 물리치고 찻집을 열기로 한 나의 무모함에 한 잔, 코로나가 물러나서 사람들이 다시 따뜻하게 악수할 수 있는 평범할 내년을 기약하며 한 잔, 그리고 마지막은 막걸리 마시듯 한 잔.

앤슬리 찻잔에 어울리는
Grand wedding loose tea

'어머나 깜빡 잠이 들었나 봐!'

우당탕 급하게 모니터를 켠다. 마감 직전이다. 5분이 남아 있는 현재 온라인 경매가는 750달러이다. 경매가가 300달러쯤까지 올라갔을 때 잠시 쉬려다 깜빡 잠이 들었는데 그새 750달러까지 올라간 것이다. 몇 년을 기다려 찾아낸 기회이다. 그 귀한 1934년산 앤슬리로 수석 디자이너인 베일리가 직접 사인한 최상급 24K 장미 찻잔을 소장할 수 있는 드문 찬스가 눈앞에서 사라지기 직전이다.

아마 마지막에 '호가 750달러'를 부르고 숨죽이고 있는 모니터 속의 수집가는 초조해 하면서도 이제 이 상태로 몇 분만 더 버티면 자신이 낙찰자가 될 것이라는 생각에 쾌재를 부르고 있을 것이다. 하지만 하늘이 도와 마감 5분 전에 내가 잠에서 깨어났으니 낙찰자는 달콤한 꿈에서 깨어나야 할 것이다. 비딩 버튼을 누른다.

'딩동, 현재 경매가를 800달러로 올리셨습니다.'

이제 남은 시간 3분 30초이다. 마른 침을 꼴깍 삼켰다. 모니터 속에 빨갛게 표시된 800이라는 숫자가 여전히 신경질적으로 점멸하고 있다. 남은 시간을 나타내는 타임바가 점점 사라지고 있다. 3분. 2분…….

아마도 허를 찔린 상대방의 망설임이 초조하게 점멸하고 있을 것이다.

'30초 남았습니다. 10초…….'

'You won.'

드디어 낙찰됐다. 기뻐서 소리를 질렀고 옆에서 자던 남편이 놀라서 깼다. 흥분이 가시지 않은 내가 하이톤으로 아슬아슬했던 승리에 대해 자랑을 하고 있는데…….

"에효!"

긴 한숨을 쉬며 남편이 전자담배를 챙겨 들고 밖으로 나간다.

수집가들이 최고로 모시는 찻잔 브랜드 중 나는 영국의 파라곤, 앤슬리, 쉘리를 탑3로 꼽는다. 그 외에도 웨지우드, 로얄

쌍둥이처럼 닮은 두 찻잔.

돈도 못 버는데 찻잔이나 살까?

스탠다드, 콜포트, 로얄 알버트, 로얄 첼시, 프랑스의 리모지, 하빌랜드 등 꽤 많은 역사적인 찻잔 공방들이 있다. 그중 앤슬리는 나의 첫 앤틱 찻잔으로 각별했다.

코르셋 모양으로 허리가 잘록한 핑크빛 앤슬리 찻잔을 처음으로 구해서 애지중지하고 있었는데 남편이 평소 안 하던 설거지를 갑자기 한다고 설치다가 손잡이를 댕강 부리뜨리고 말았다. 남편 허리를 부러뜨리고 싶은 분노를 참아내느라 며칠이나 요가의 난이도 높은 동작을 해야 했다.

그렇게 여리고 아름다웠던 코르셋 앤슬리를 허망하게 떠나보낸 탓인지 앤슬리가 더욱 특별하게 느껴진다. 시대를 초월한 세련된 디자인과 기품에 반해 벌써 여러 패턴을 모았지만 늘 숙제처럼 남은 앤슬리 찻잔이 바로 저 베일리가 사인한 24K 장미 찻잔이었다.

경매에서 이긴 다음 날 멍크턴의 유일한 신문사에서 인터뷰를 요청하는 전화가 왔다. 워낙 조용하고 한가한, 뉴스 거리가 많지 않은 작은 도시라지만 이게 뉴스에 나올 만한 일인지 몰라 어리둥절 망설이는데 기자가 말한다.

허망하게 보냈던 앤슬리 코르셋 때문인지
나에게 앤슬리는 더욱 특별하다.

"당신이 마니토바주의 경쟁

자를 이긴 거에요."

멍크턴 옥션이 인지도가 높아져서 미국이나 캐나다 다른 주의 수집가들까지 이번에 참여했는데 막판에 한국에서 이민 온 제시 킴이라는 여자가 다른 주 최종 경쟁자 마니토바의 비더를 이겼다. 게다가 찻잔 하나 값으로는 최고가를 기록했으니 우리 도시의 뉴스거리라는 것이다.

승리의 앤슬리를 가져다 다른 찻잔들 사이에 놓았더니 그동안 아름다운 자태를 뽐내던 다른 찻잔들이 일순 '오징어'가 되어버렸다.

멍크턴은 뉴스 거리가 많지 않은 작은 도시라서 이 정도의 '사건'도 뉴스거리가 된다.

돈도 못 버는데 찻집이나 할까?

신문 기사가 난 다음에 전화 한 통을 받았다. 자신이 신문에서 본 것과 똑같은 찻잔을 소장하고 있는데 혹시 관심이 있느냐는 것이었다. 기쁨에 들떠 주소를 받아 적고 있는데 남편이 전자 담배를 챙겨서는 비틀비틀 밖으로 나갔다.

1시간 30분을 달려갔더니 정말로 똑같은 앤슬리 찻잔이 있었다. 그렇게 찾아다닐 때는 흔적도 없더니 이렇게 한꺼번에 두 개가 나타난 것이다.

당신의 어머니로부터 결혼 선물로 받은 찻잔이라며 소중하게 캐비닛에서 꺼내신다. 할머니의 62년 결혼 생활을 빛내 주던 보물인데 이제 양로원에 가기 전에 누군가 소중하게 간직해줄 사람을 찾고 있었다고 한다. 할머니의 긴 세월, 추억과 아쉬움이 담긴 찻잔을 들고 집으로 돌아오는 내내 오래오래 건강하게 사시라고 기도했다.

이제 특별한 '신고식'을 할 차례다. 찻잔은 차를 따르는 것으로 완전해진다. 62년이라는 할머니의 결혼 생활에 경의를 표하고 싶어 고른 차는 'Grand wedding loose tea'이다. 홍차에 해바라기꽃과 과일의 향을 넣어 달콤하고 향긋하게 블랜딩한 가향차가 어울릴 것 같다는 생각이 들었다. 60년 전 할아버지와의 로맨틱한 시절을 다시 일깨워 줄 수도 있을 듯 감미로운 차다.

쌍둥이처럼 닮은, 내가 경매에서 이긴 찻잔과 할머니의 찻잔을 나란히 놓고 Grand wedding loose를 우려낸다.

찻잔은 차를 따르는 것으로 완전해진다. 62년이라는 할머니의 결혼 생활에
경의를 표하고 싶어 고른 차는 'Grand wedding loose tea'이다.

설렘 같은 향기와 달콤한 첫맛, 과연 이름처럼 웨딩 마치의
행복했던 순간이 떠오르는 맛이다.

남편은 여전히 뾰로통하다. 코로나로 힘든 이 판국에 비싼
찻잔을 한꺼번에 둘씩이나 들였으니 걱정하는 게 당연하다.

살짝 귀띔해주면 이 소심한 남자 기분이 풀리려나? 벌써 내
블로그를 본 홍콩의 어떤 수집가가 자기에게 2,000달러에 팔
라고 이메일이 왔다는 걸. 이게 다 우아한 재테크라는 걸.

돈도 못 버는데 찻잔이나 할까?

6.25 찻잔

　노부부가 TV에서 봤다며 가게에 찾아오셨다. 그러고는 조심스럽게 작은 상자를 열더니 낡은 찻잔을 내게 건넨다.

　"당신이 이걸 간직했으면 해요."

　처음에는 이것이 무슨 상황인지 몰라 멍하니 있었다.

　"1951년에 한국 전쟁에 참전하러 가셨던 아버지가 캐나다로 돌아오실 때 가져온 찻잔입니다."

　찻잔은 드문드문 칠이 벗겨지고 브랜드도 없었지만 용문양이 양각된 멋진 찻잔이었다.

　불현듯 이분이 왜 이곳에 오셨는지 깨달았다.

한국 전쟁 참전 용사이셨던 아버지의 유물을 기증받았다.
가게 한쪽에 마련된 그들의 전시공간이다.

돈도 못 버는데 핫깃이나 할까?

며칠 전에 지역 TV 뉴스에서 우리 가게를 취재해 갔는데 한
국인 이민자가 앤틱을 테마로 멍크턴에 찻집을 열었다는 내용
이었다. 뉴스를 보시고 한국 전쟁 참전 용사였던 당신 아버지
의 유물을 기증하러 오신 것이었다.

"절 받으세요."

이야기를 듣던 남편이 황급히 모자를 벗고 고개를 숙여 절
을 하였다. 노신사의 눈에서 눈물이 흘렀다. 그 모습을 보던 남
편 눈에서도 눈물이 흘렀다.

'잊힌 전쟁'이라고 하셨다. 친한 친구 셋이 함께 의기투합해
서 한국으로 가셨단다. 두 친구들은 지뢰를 밟아 전사하고 혼
자 살아 남으신 아버지는 평생 한국 이야기를 하지 않으시다
돌아가시기 직전에야 아들에게 그날의 참상에 대해 짧게 언급

Coalport corea teacup & saucer England (1920)
콜포트의 앤틱 찻잔인데, 이 찻잔의 패턴 이름이 'Corea'이다. 한국 전통 문양에서
영감을 얻어 재창조한 패턴이다.

하셨다고 한다.

일을 도우려 찻집에 와있던 아들이 사연을 듣더니 말했다.

"우리 가족이 이렇게 함께 있을 수 있는 건 선생님의 아버지가 한국에서 싸워 주신 덕입니다. 선생님이 우리의 영웅이십니다."

작은 찻잔을 사이에 두고 그렉 지커(Greg Zwicker) 씨와 그의 아내 데비(Debbie) 씨, 그리고 우리 가족은 꼭 껴안고 그렇게 한참 있었다.

돈도 못 버는데 찻집이나 할까?

봄의 향기 가득한 겐마이차

봄을 기다린다.

한국은 꽃소식이 한창이지만 우리 가게 앞 정원에는 눈더미가 한숨처럼 쌓여 있다. 겨울이 혹독한 북아메리카에 사는 우리에게 봄은 간절하다.

이민을 오고 처음 맞이한 봄에 처음 보는 이웃 남자가 마침내 봄이 왔다면서 남편을 껴안아서 깜짝 놀랐다. 왜 이들은 여름 야외 활동에 그토록 필사적인 것일까? 제3 세계의 인민들이 가파른 삶에서 바둥거릴 때, 선진국에 팔자 좋은 시민으로 태어나 여름이면 깊은 계곡을 찾아 카약을 타고, 자작나무를

겐마이차. 일본 사무라이의 부하 '겐마이'가 차를 우리면서 실수로 쌀을 넣고
우린 것에서 시작되었다는 이야기가 전해진다.

몇 시간씩 불에 태우며 마시멜로를 구워 캠핑을 즐기는 이들
에게 질투어린 심술이 났었다.

　내가 그들을 이해하게 된 건 두 번의 겨울을 겪고 난 후였
다. 어떤 이들은 캐나다의 계절을 설명할 때 봄-여름-가을-겨
울 대신에 Winter-August-Winter-Winter라고 한다. 물론 어
느 정도 과장이 섞였지만, 그만큼 겨울이 길고 봄과 여름은 안
타까울 만치 짧은 것은 사실이다.

　　　　　　　　　　돈도 못 버는데 첫집이나 할까?

심지어 식물들도 캐나다에서 어떻게 살아남아야 하는지 안다. 한국에서 부모님이 보내주신 토종 깻잎을 뒷마당에 심었더니 아무런 변화가 없어 죽었나 보다 했는데 어느 날 갑자기 튀어나와 하루에 몇 센티미터씩 허겁지겁 자라더니 씨를 뿌리고 장렬하게 서리를 맞고 죽었다. 서너 달 만에 한살이를 마쳐야 하니 마음이 급했던 것이다.

그러니 캐나다의 봄소식은 천만금 같은 신호다. 길거리 눈더미들이 녹기 시작하는 딱 요맘때가 되면 나도 필사적일 수밖에 없다. 캐나다의 긴긴 '겨울 밤'을 견디려면 악착같이 햇볕을 즐기고 비즈니스를 꿈꾸고 추억을 만들어야 하기 때문이다.

마침내 대지가 꿈틀댄다. 문학적 수사가 아니라 문자 그대로 꿈틀댄다. 우리 집 주차장도 아스팔트가 녹으며 꿈틀대서 군데군데 깨졌다. 이웃집은 땅이 얼었다 녹기를 반복하니 마루가 푹 꺼져서 기울었다고 울상이다.

푸릇푸릇 새싹이 머리를 내밀었다. 나도 '탕!' 하고 신호가 오면 줄달음을 칠 것이다. 계획을 짜 본다.

첫 번째로는 노란 드레스를 입을 것이다. 봄을 맞는 터질 듯한 기쁨을 이제 나도 알았다고 말해주고 싶다. 여기서 살아가는 당신들이 누리는 여름의 호사가 사실은 기나긴 캐나다의 겨울을 견디기 위한 필사적인 '광합성'이었다는 사실을 나도 이제는 알았으니까 말이다.

유적으로 등록된 100년 넘은 빅토리아 양식의 고택을 수리할 계획을 세우는 중이다.

———

　두 번째, 밴드를 만들 것이다. 첼로 연주가 가능한 멤버를 구하기 위해 '구인 광고'를 내야겠다. 겨우내 머릿속에 쌓인 노래들이 나가려고 아우성치고 있기 때문이다.

　세 번째, 교외에 봐 둔 고풍스러운 건물을 고칠 것이다. 유적으로 등록된 100년도 넘은 빅토리아 양식의 고택으로 손볼 곳이 많지만 둥글게 솟은 첨탑 지붕을 새로 덮고, 작은 개울이 있는 뒷마당에 꽃밭을 만들고, 3층 옥탑에는 펀디만 강이 흐르는 걸 보며 몸을 씻을 수 있게 목욕실을 만들면 근사해질 것이다. 다만 겨울잠만 자는 남편의 톱질할 근육이 자꾸 줄어드는 것 같아 걱정이다.

돈도 못 버는데 첫집이나 할까?

나의 '누룽지 중독'을 치유하기 위해 이것저것 알아보다 찾아낸 게 겐마이차다.

봄을 재촉할 겐마이차(Genmaicha)를 우리며 일정표를 쓴다. 현미가 들어가 팝콘 맛이 난다고 하여 서양사람들은 '팝콘차' 라고 부르기도 하는 구수한 차이다.

한때 나는 누룽지에 중독되었다. 탄수화물 성분 때문인지 특별히 머리를 쓸 일이 있을 때 마른 누룽지를 바삭바삭 깨물어 먹으면 머리가 한결 잘 도는 것 같았다. 특히 작곡을 할 때 누룽지가 없으면 일이 되지 않는 지경이었는데 치과의사로부터 누룽지를 더 먹다가는 남은 어금니도 임플란트를 해야 한다는 경고를 받았다. 당장 끊어야 한다는 것이었다. 누룽지 금단현상에 시달릴 때 현미가 들어있는 차라는 데 착안해서 찾아낸 게 겐마이차다. 과연 누룽지를 끊고도 작곡을 할 수 있게 되었다.

옛날 15세기 일본의 한 사무라이가 전투 준비에 한창일 때 부하 '겐마이'가 차를 우려 바쳤는데 실수로 쌀을 넣고 우렸다. 급박한 전투 상황에 한 치의 실수도 용납할 수 없었던 사무라이는 겐마이의 목을 베었다. 나중에 사무라이가 차를 맛보았더니 현미와 차가 어우러진 향이 신묘하였다. 안타까운 마음으로 부하를 기려 '겐마이차'라는 이름을 널리 전했다 한다.

아마 겐마이는 현미가 들어간 차의 신기한 작용을 알고 있었을지도 모른다. 복잡하게 꼬인 전황을 풀어내는데 현미를 섞은 차가 두뇌 회전을 도와 좋은 작전을 짤 수 있으리라는 충심으로 차를 내지 않았을까? 그렇다면 실수가 아닌 것이 된다.

남편이 또 무슨 계획을 짜느라고 그렇게 열심이냐고 불안한 얼굴로 묻는다. 미리 사 놓은 최신 유행 트레이닝복과 갖고 싶어 하던 운동화를 건넸다. 요즘 당신이 힘들어 보여서 걱정이라고, 그리고 요 아래 블럭에 한국인 사범이 운영하는 검도 도장에 월권을 끊어 놓았다고 말했다. 안 그래도 요새 힘이 부쳐서 뭔가 운동을 시작해볼 참이었는데 어떻게 알았냐고 하면서 남편이 싱글벙글 웃는다. 한결같이 단순한 사람이다. 나의 원대한 계획은 빅토리아 건물에 깔끔한 톱질을 위해서였는데 말이다.

돈도 못 버는데 찻집이나 할까?

민들레차

캐나다에서 처음으로 우리가 고른 집은 그림 같은 집이었다. 앞마당에 커다란 메이플 나무가 네 그루 있고 뒷마당에는 축구장의 반 정도 되는 넓이의 잔디밭, 그리고 자작나무와 소나무 숲으로 둘러싸인 아늑한 2층짜리 돌집이었다. 거실에 벽난로가 있었고 뒤뜰 파티오에서 고기도 구울 수 있었다. 한국에서였다면 꿈도 꾸지 못했을 이런 마당 넓은 집이 우리 집이라는 사실에 흥분했고 전율했다.

캐나다에 이민 오고 6개월 정도 임시로 월세방에 살면서 제일 열심히 한 일이 집을 구하는 일이었다. 'Realtor.ca'라는 부

우리가 고른 캐나다의 집은 앞마당에 커다란 메이플 나무가 네 그루 있고 뒷마당의
넓은 잔디밭은 자작나무와 소나무로 둘러싸인 아늑한 2층 건물이었다.

동산 매물 사이트에서 맘에 드는 집을 수십 군데 적어 놓고 매일 구글맵을 따라 보러 다녔다. 골라 놓은 집들이 많아 중개인에게 모두 다 보여 달라고 할 수가 없어 일차로 거르기 위함이었다. 동네를 몇 바퀴 돌아보고 매물로 나온 집 근처에 차를 대고 내가 망을 보는 사이 남편이 재빠르게 지붕을 살피고 창틀을 점검했다. 100군데는 돌아다닌 것 같다.

집이 적당하다 싶으면 그제야 중개인에게 연락해서 정식으로 집 안을 둘러봤다. 그렇게 메모한 기록들은 임시 거처에 식탁 대신 놓고 쓰던 사과 박스에서 엑셀 파일로 정리하였다. 가격 적합도, 동네 분위기, 집 구조 등의 항목을 세세히 나누고 점수를 매겨 최종 네 후보를 골랐다. 어떤 집이 우리 집이 될 것인가는 네 후보 중 가족 투표로 결정하기로 했다.

딸아이는 제 방이 제일 컸던 집을 좋아했다. 아들은 지하에 당구대가 있던 집을, 남편은 멍크턴 근교의 산 언덕에 있던 집을 밀었다. 집 앞 들판에 말들이 뛰어다니는 집이었다. 말똥 냄새가 났다.

내가 밀었던 집은 가족 투표에서 3위를 했지만 3위가 우리 집이 되었다. 딸이 그럴 거면 투표는 왜 했냐고 투덜거렸지만, 봄바람에 찰랑거리는 넓디 넓은 잔디밭이 있는 이 집이 쏙 마음에 든 걸 어떻게 한단 말인가!

몸도 마음도 힘든 잔디깎기. 잔디는 믿을 수 없을 정도로 빨리 자란다.

휘파람을 불면서 정원을 가꾸었다. 남편은 바지런히 몸을 움직여 한국식으로 화단을 만들고 나는 잡초를 뽑았다. 잔디는 믿을 수 없을 만큼 빨리 자랐다. 잔디깎이를 네 시간 돌려 겨우 뒷마당을 깎고 앞마당으로 가던 남편이 머리에서 뽀얀 김을 뿜어낼 때쯤이 되면 나와 아이들이 교대했다.

몸도 힘들지만, 마음도 힘들다. 풀들도 살아보겠다고 고개를 내미는 것인데 그저 나보기 좋자고 혹은 이웃집의 신고가 걱정된다고 댕강댕강 목을 날리는 것 아닌가. 날카로운 잔디 깎기 머신의 공포스러운 길로틴(guillotine)이 멈추면 진한 풀 냄새가 났다. 그 냄새가 마치 풀들의 피 냄새 같아서 죄책감이 들었다.

더 심란한 것은 민들레였다. 뽑아도 뽑아도 끝없이 다시 나는 것이 민들레다. 그냥 두면 잔디를 망치거니와 꽃대 하나가 수백 개의 씨앗을 바람에 흩뿌리기 때문에 이웃집으로 금세 번진다. 민들레 뿌리를 뽑다가 남편과 내 손가락이 퉁퉁 부었다.

다시 봄이다. 어제는 길을 사이에 두고 이쪽 집은 눈을 치우고 건넛집은 잔디를 깎는 캐나다스러운 사진이 지역 신문에 실렸다. 겨울의 끝자락과 봄이 공존하는 이 사진이 말하는 바는 올해에도 '민들레 전쟁'이 다시 시작되었다는 것이다. 눈더미 밑에서 수그리고 있던 민들레들이 여기저기 도발을 시작

돈도 못 버는데 찻집이나 할까?

10년간의 싸움에서 매번 패하기만 했던 남편과 내가 세운 이번 작전은 민들레들의 허를 찌르는 기막힌 한판이 될 것이다. 아래에 있는 것이 포공영이다.

한다. 참 뻔뻔한 노란색이다. 꽃으로 가장했으나 봉오리 아래로는 공중에 살포할 치명적 씨앗 '폭탄'을 장전 중인 게 뻔히 보인다.

10년간의 싸움에서 매번 패하기만 했던 남편과 나는 올해 새로운 작전을 세웠다. 겨우내 부지런히 자료를 모으고 스크랩해 두었다. 이번 작전은 민들레들의 허를 찌르는 기막힌 한판이 될 것이다.

작전명은 '포공영(蒲公英)'이다. 포공영은 민들레를 통째로 말린 것을 말한다. 우리의 작전은 한마디로 꽃이 피기 전에 봉우리째 따서 차로 만들어버리는 것이다. 봉우리 속에 강인한 생명력을 품은 수백 개의 씨앗 폭탄들이 뭉쳐있으니 그야말로 '생명탄'인데 터지기 전에 똑똑 딴다. 허를 찔린 민들레들이 속수무책으로 봉오리를 내어주고 있다. 잠깐 동안에 봉지가 가득해진다. 잘 씻은 다음 찜기에 3분 동안 찐다. 그리고 이를 뒷마당의 그늘에서 말리느라 채반에 널어놓았더니 살아남은 민들레들이 잔디밭 구석에서 샛노

랗게 질려 떨고 있다.

기가 막힌 대승이었다. 전술적 승리이자 전후 평화 시대마저 함께 여는 전략적인 '빅 픽처'까지 준비된 작전의 개가였다.

'민들레야, 이제 너와 싸울 일은 없다. 키워서 모두 마셔 주마.'

돈도 못 버는데 핫질이나 할까?

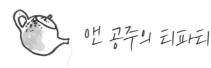

앤 공주의 티파티

놀라운 소식이 있었다. 한국에 계신 엄마에게 제일 먼저 알려주고 싶어서 전화했다.

"엄마, 엄마, 담 주에 공주 할머니가 오신대."

"무신놈의 할마이가 그렇게 이뻐서 공주 할매라 카노?"

엘리자베스 여왕의 딸이자 영국 왕 찰스의 여동생 앤 공주가 멍크턴에 방문하는데 우리 가게에서 앤 공주의 티파티를 담당하게 된 것이다.

"아니 진짜 공주라니까? 진짜 영국 공주."

"그런 게 여적 있나?"

앤 공주는 환한 얼굴로 사람들과 담소를 나누었다. 영화에 나오는 포시(posh) 악센트를 쓰는데 과연 기품이 넘쳐 보였다. 함께 사진을 찍고 싶었지만 '촬영금지'였다.

돈도 못 버는데 헛짓이나 할까?

엘리자베스 여왕 얼굴이 새겨진 메모리얼 찻잔.

"얼마 전에 돌아가신 영국 엘리자베스 여왕 알지? 뉴스에도 맨날 나왔잖아. 그 사람 딸이야."

"진짜가. 그 귀한 사람이 와 느그 집에 오노?"

"공주가 여기 전쟁 영웅들 보살피는 보훈병원을 방문하나 봐. 우리 찻집에 티파티를 준비해달라고 전화가 왔어. 어떻게 해. 나 떨려 죽겠어."

"떨리믄 우야노. 한 상 잘 차려야지. 써비스도 마이 주고."

엄마의 '써비스' 정신에 깔깔거리고 웃었다. 전화를 끊고 나니 진짜 이 일을 '우얄지(어떻게 해야 할지)' 걱정이 몰려온다. 보훈병원 담당자의 전화를 받고 처음에는 믿기지 않아 당황했지만 애써 담담한 척 승낙하고 말았다.

영국 공주라면 차에 대해서도 잘 알 텐데, 격식도 따질 것이다. 잔뜩 긴장했더니 아침부터 속도 안 좋다. '찻잔은 뭐가 좋을까? 빅토리안 시대 것으로 맞춰야 할까? 엄마를 지극히 모셨던 효녀라고 들었는데 우리 가게 유리 캐비넷에 고이 모셔둔 엘리자베스 여왕 얼굴이 새겨진 메모리얼 찻잔은 어떨까?' 캐비넷에서 이 찻잔 저 찻잔 꺼내며 하루에도 몇 번씩 머릿속에다 찻상을 차렸다 거뒀다 부산을 떨었다.

행사 당일, 신중하게 고른 찻잔들과 티포트를 바리바리 싸 들고 갔더니 보훈병원 앞에서 무섭게 생긴 경호원들이 나를 막아서며 용무를 확인했다. 오늘 일이 실제라는 게 실감되기 시작했다.

긴장을 애써 덜어내며 갓 구운 스콘과 디저트로 테이블을 세팅했다. 그 와중에도 검은색 수트에 이어폰을 낀 여자 경호원들이 병원 관계자들에게 이것저것 물으며 우리를 살폈다. 차에 독이 들어있는지 같은 검사는 없었다. 얼추 상차림을 마치고 나니 주최 측 병원 관계자들이 사진을 찍어도 되냐고 물어본다. 그들도 조금 안심이 된 표정이다. 나도 그 표정을 보고 조금 진정이 되었다.

공주의 티타임에 선발된(?) 베테랑들과 미망인들이 한 분씩 오셔서 먼저 자리에 앉았다. 가슴에 여러 개의 전쟁 훈장을 달고 있는 분이 테이블을 보시고는 엄지를 척 올려주었다. 함께 도와주러 온 아들이 라이브로 재즈를 잔잔하게 연주하기 시작했다. 경호원 한 분이 어깨를 조금 들썩이며 리듬을 탔다. 이제 조금 더 진정되었다.

수군거리는 소리가 나고 사람들 사이로 높게 솟은 깃털 모자를 휘날리며 앤 공주가 들어왔다. 검은 양복 차림의 남녀 수행원들이 조용하지만 단호하게 길을 내고 있었다. 힘찬 구두

발소리에 모두가 긴장하고 있었다. 드디어 '깃털 할머니', 아니 앤 공주가 내가 상차림을 한 테이블 앞에 멈추었다. 아뿔싸, 경호원들 사이로 테이블 위 접시에서 마카롱 하나가 살짝 삐져나와 있는 게 보였다. 하지만 바로잡을 길이 없다.

정적을 깬 것은 포시(posh) 악센트였다. 공주가 옛날 영화에 나오는 바로 그 영국 악센트로 인사하자 한바탕 웃음이 일었다. 훈장 달고 있던 할아버지가 뭐라고 대꾸하자 다시 왁자한 웃음소리가 났다. 금세 분위기는 화기애애해지고 나는 마침내 긴 한숨을 쉬었다.

짙은 네이비 깃털 모자와, 같은 색으로 매치한 투피스 차림의 앤 공주, 실제로 공주를 본 것은 처음이다. 디즈니 공주 말고 진짜 공주는 샤넬 투피스를 입는다는 것도 처음으로 알게 되었다. 70대의 나이가 믿기지 않을 정도로 건강해 보인다. 공주는 20대 때 영국의 국가대표 승마선수로 올림픽에 출전했었고, 결혼 후에 납치를 당했을 때에는 몸싸움으로 납치범들을 물리친 적이 있다는 이야기를 들었는데 실제로 보니 과연 그럴 만하다는 생각이 들었다.

엘리자베스 여왕은 사생활이 복잡하고 말썽을 자주 일으키는 오빠 찰스보다 앤 공주를 더 신뢰했다고 한다. 이제는 여왕을 대신해 일 년에 500개가 넘는 스케줄을 수행한다고 하니 대단한 여장부다. 실질적인 후계자는 찰스 왕이 아니라 앤 공주가 아닐까?

모두들 다행히 떠들썩하게 티타임을 즐겨주었다. 생각처럼 폼을 잡고 법도를 따르는 엄숙한 티파티가 아니었다. 공주와 '백성' 할아버지 할머니들이 한 테이블에 함께 있으니 그저 오랜 친구들처럼 보인다. 까탈스럽지 않은 공주가 고마웠다.

다만 한가지, 공주가 다음 장소로 이동하기 전에 행사 관계자들과 일일이 인사를 나눌 때 남편을 보고 흠칫 놀란 표정을 지은 것이 마음에 걸린다. 나중에 남편에게 공주가 당신 앞에서 놀란 표정을 지었는데 봤냐고 물었다. 마치 칭기즈칸을 만난 것처럼 놀라더라고 했더니 남편은 서양 사람, 특히 지배층 사람들은 칭기즈칸에 대한 본능적인 두려움이 피에 새겨져 있다는 둥의 너스레를 떨면서 좋아했다. 그런데 앤공주는 왜 남편을 보고 그런 표정을 지으셨을까? 물론 남편의 용모가 우아한 티파티에 내세울 정도는 아니지만 말이다.

밤에 엄마한테 전화가 왔다.

"공주 할매 잘 묵고 갔나?"

"응, 잘했어요. 나중에 우리 가게 찾아오신다고 연락처도 물어봤어."

"아이고 잘했네. 그런데 니 가게 이름이 뭐라캤노?"

"Jassy. 몇 번이나 알려줬잖아. 이름도 엄마가 지어놓구선."

"내가? 언제?"

"나 재즈 피아노 공부할 때 엄마가 '니가 공부하는 기 머라 캤노? 제시? 제시 맞나?' 그래서 이름이 '제시'가 되었다고."

엄마는 공주가 어떤 차를 마셨는지, 차에 설탕을 넣었는지, 어떤 디저트를 몇 순가락이나 먹었는지 꼬치꼬치 캐물었다. 아마도 내일 아파트 상가의 '냠냠 카페'에 가서 동네 할머니들에게 자랑할 내용을 미리 점검하는 중이었을 것이다.

파티가 끝나고 병원 관계자들이 라이브 재즈 연주도 좋았다고 칭찬해 주었다. 아들이 "캐나다로 이사를 오고 찻집도 여시더니 오늘 같은 신기한 경험도 하게 되네요."라고 한다. 정말 그렇다! 거짓말처럼 별난 일도 다 일어난다.

새로운 삶을 위해 떠나온 우리는 앞으로 또 어떤 경이로운 일들을 겪게 될까?

에필로그

CLOSE

딸과 함께 몇 달간 디자인한 차통(Tea Tin)이 지금 바다를 건너오고 있다고 한다. 우리 가게의 브랜드 Jassy boutique & tea room의 차를 담기 위한 통들이다.

태평양을 건너는 긴 배송을 기다리면서 나는 아침마다 남편과 차 이름 알아맞히기 내기를 한다. 차 이름을 가리고 빛깔과 향, 맛 순서로 차 이름을 맞추는 게임이다. 이 게임은 좋은 차를 감별하기 위한 모의 훈련 같은 것이다. 색으로 범위를 좁히고 향으로 추측하고, 한 모금 맛본 후에 차 이름을 대는데, 맞으면 둘이 신이 나서 손뼉을 친다.

"생강 홍차 어때요? 캐나다는 겨울이 기니까 딱 맞을 것 같

돈도 못 버는데 찻집이나 할까?

은데, 국화차도 좋을 것 같고."

"차라리 여기 특산물, 메이플 그린티는 어떨까?"

요즘 우리 부부는 우리 브랜드 차를 만드느라 이런저런 궁리 중이다. 차의 이름은 음악 제목으로 지을 것이다. 차를 후각, 미각, 시각만으로 음미하란 법은 없지 않은가? 귀로도 힐링하는 차가 될 수 있을 것이다.

예를 들어, 우리 차 'Fly tea to the moon'은 서늘한 밤하늘을 연상하게 하고 싶다. 차고 무거운 다르질링을 베이스로, 덩그러니 떠 있는 달빛의 덩어리 감이 끝맛으로 또렷하게 떠오르게 하는 것이다. 다만, 시간차를 두고 끝맛이 떠오르게 하는 부재료는 영업 비밀이라 밝힐 수 없다.

〈Fly me to the moon〉을 들으면서 'Fly tea to the moon'을 마시다 보면 나중에는 음악만 들어도 차 맛이 떠올라 침이 고이는 경지에 이르지 않을까?

캐나다 시골에서 찻집을 연 지 3년이 되었다. 나는 마음껏 차를 마시고 권할 수 있어서 좋았다. 하지만 차를 마시러 오는 사람들도 좋았다. 커피를 마시다가는 다투기도 하지만 차를 마시러 와서 싸우는 사람은 보지 못했다. 대체로 찻집에 오는 사람들은 편안하게 행복해질 준비를 미리 하고 오는 사람들이기 때문일 것이다.

그래서 덩달아 우리 찻집도 평화롭고 행복한 공간이 된다. 내가 하는 일은 손님들에게 따뜻한 기억 하나를 보태는 일이다.

즐거운 대화이거나 좋은 차이거나 기분에 맞춘 음악 혹은 예쁜 찻잔들이 될 수도 있다. 모두 다 내가 사랑하는 것들이다.

돈도 못 버는데 찻집이나 할까?

돈도 못 버는데
책질이나 할까?

초판 1쇄 | 2024년 3월 8일

지은이 | 김원경
디자인 김진경 | **기획편집** 강완구
펴낸이 강완구 | **펴낸곳** 써네스트 | **브랜드** 열린세상

출판등록 2005년 7월 13일 제2017-000293호
주소 서울시 마포구 망원로 94, 203호
전화 02-332-9384   **팩스** 0303-0006-9384
이메일 sunestbooks@yahoo.co.kr

ISBN 979-11-90631-80-8 03810 값 15,000원

이 책의 편집 방향과 마케팅 계획을 세우는데 서울 출판 예비학교 마케터반
19기 '우롱찬 팀(김경언, 송혜수, 유민경, 윤지호)' 여러분들의 많은 도움이
있있습니다. 고맙습니다.

사진 목록